魔物喰らい
ランキング最下位の冒険者は魔物の力で最強へ
2
DEVIL
EATERS
Volume.two
緒二葉
Illust. とよた瑣織

異端審問
ギルドマスター
ヒューゴー
「こいつは十傑に相応しい実力だ。
俺が証明するぜ」
「技神の神子の全権代理人である
私が断言するよ」
職人《魔導工房》
リュウカ

「俺が、魔神教会を潰す！」
「堂々とエッセンを守ることにしたわ」
旅神教会の異端審問――
エッセンは魔神教会に与する
《魔物の男》として裁かれる！
冒険者《魔物喰らい》
エッセン
冒険者《銀世界》
【氷姫】ポラリス

目指せ、冒険者ランキング1位！
「ダンジョンに行く前に、
ランキングの確認をしようぜ」
ポラリスの手を引いて、ランキングボードの前に立つ。
俺の名前を探すのに、以前のような時間はかからない。
『6位　【氷姫】ポラリス』
『10位　【魔神殺し】エッセン』
二人分の名前が、たしかに上位にある。
「よし、俺が1位で
ポラリスが2位になるまで頑張ろう」
「ええ。1位は私がいただくけれどね」
軽口を叩きながら、二人でダンジョンに向かう。
ポラリスとなら、どこまでだって行ける気がした。

魔物喰らい
ランキング最下位の冒険者は魔物の力で最強へ
2
緒二葉
Illust. とよた瑣織

本文・口絵イラスト：とよた瑣織
デザイン：AFTERGLOW

CONTENTS

DEVIL EATERS

プロローグ

迷宮《めいきゅう》都市上級地区――旅神大聖堂。

旅神教会の総本山たるこの場所で、とある会議が行われていた。

「それで、最後の議題ですが」

厳粛《げんしゅく》な空気の中、議長席に座《すわ》る男……神官長ニコラスがパタンと本を閉じた。

神官たちのトップの地位にいるにしては、三十歳《さい》前後と若い。だが、日々の疲《つか》れが顔に浮《う》かび、やや老《ふ》けて見える。

「《魔物《まもの》の男》について、対応を協議いたしましょう」

「つーか、間違《まちが》いない情報なのか？　翼《つばさ》に尻尾《しっぽ》、爪《つめ》に鱗《うろこ》？　なんかの見間違いじゃねーのか？」

「口を慎《つつし》みなさい、ギルドマスター。神子様の御前《ごぜん》でそのような言葉遣《ことばづか》い……。まったく、これだから冒険者《ぼうけんしゃ》上がりは……」

「あ？」

冒険者ギルド、ギルドマスターのヒューゴーが眉《まゆ》を寄せて凄《すご》んだ。

すでに引退したが、元々上級冒険者だった男だ。その威圧感《いあっかん》は健在である。

額には魔物につけられた傷が深々と刻まれていた。丸太のように太い腕《うで》も同様だ。

会議室には上級神官やギルド幹部も含《ふく》め十人程度がいるのだが、二人のやり取りに口を挟《はさ》もうという者はいないようだった。

「旅神の庇《ひ》護《ご》下にある迷宮都市で、魔物の部位を持つ人間など存在してはならないのです！　いや、もしかしたら魔物が人間に化けた姿かもしれませんっ！　これは放ってなどおけない！　リーフクラブが脱走《だつそう》した件にも関《かか》わっているようですし！」

神官長ニコラスはどん、と机を叩《たた》いて、甲高《かんだか》い声で叫《さけ》んだ。

「魔神教会の手の者に違いない！　私は、即刻処刑《そつこくしよけい》を求めますぞ！」

「きゃんきゃんうるせーな……。いいじゃねえか。例のヴォルケーノドラゴン倒《たお》したんだろ？　そいつ。じゃあ魔神教会とは無関係だろ」

「それが敵の作戦でないとどうして言い切れるのです⁉　今回の件で、魔神教会は魔物を自由に持ち運ぶことが可能だと判明しました。いつ迷宮都市に魔物が解《と》き放たれるかわからないのです！　対応は一刻を争いますぞ！」

頰杖《ほおづえ》をついて気だるそうなヒューゴーと、怒《いか》り心頭のニコラス。会議が始まってから、何度か見た光景だ。

だが、ニコラスがヒートアップするのも無理はない。事態はそれだけ深刻だ。

旅神によって魔物がダンジョンに封《ふう》じられている今の時代、一般《いっぱん》市民にとって、魔物による脅威《きょうい》は身近なものではない。

魔物と戦うのは冒険者だけ。ほとんどの人は、生きている魔物を見ることすらなく暮らしている。

それが当たり前だった。

冒険者を育成し、安定的に魔物を討伐《とうばつ》することで、迷宮都市は平和を維持《いじ》していた。

しかし、その安寧《あんねい》が今、崩《くず》れ去ろうとしている。

「ヴォルケーノドラゴンほどの魔物が何体も現れたら、迷宮都市は滅《ほろ》ぶ……！　我々は、なんとしても阻止《そし》しなければならないのです！」

ニコラスの言葉に、部屋にいる誰《だれ》もが同意した。

先日、ドラゴン騒動《そうどう》の首謀者《しゅぼうしゃ》であるウェルネスの尋問《じんもん》が終わった。

だが、得られた情報は少なかった。どうでもいい小犯罪の証拠《しょうこ》は山ほど出てきたが、肝心《かんじん》の宝玉の出どころについては「通りすがりの老人に貰《もら》った」とだけ。

相手の素性《すじょう》も場所も、彼《かれ》は知らなかった。

「だったら、早く魔神教会を捕《つか》まえてくれよ。尋問の成果がなかったからってイライラすんな」

「だからですね！　《魔物の男》を尋問すると言っているのです！　だいたい、冒険者風情《ふぜい》が教会に逆らうなど――」

「おい」

ヒューゴーが短く言い放った。鋭《するど》い刃《やいば》のようなその一言で、ニコラスがうっと閉口する。

「冒険者は命を懸《か》けて魔物を狩《か》ってんだ。あんたらが信奉《しんぽう》する旅神のためにな。死ぬ覚悟《かくご》で、夢を追ってんだよ。確証もねえのに、冒険者の自由を奪《うば》おうってんなら――潰《つぶ》す」

「……ふ、ふん。旅神教会がなければ活動もできない奴《やつ》らが偉《えら》そうに」

「それはお互《たが》い様だろうが」

ギルドマスターのヒューゴーは、かつてエッセンと同じように頂点を夢見た冒険者だった。

冒険者をしているような者は、みんな何かしら、命を天秤《てんびん》にかけてもいいと思える夢を持っている。それを、誰よりもわかっている。

だから、引退した今では、そんな冒険者たちの夢と自由を守ることが使命だと考えていた。

「しかし私は迷宮都市のために……」

神官長ニコラスも悪人というわけではない。むしろ、強すぎる正義感を持つ故の行動だった。疑わしい者を全員罰《ばっ》する。それができるだけの権力と大義が、彼にはある。あるいは、問題解決だけを目的とした場合、それが正しいのかもしれない。

ある意味、この二人がツートップにいることでバランスが取れているとも言える。

「ニコラス」

ぼそっと、か細い声がした。まるで、冒険者に聞こえる旅神の声のような、透《す》き通った声。その瞬間《しゅんかん》、会議室の空気が塗《ぬ》り替《か》わる。誰もが手を止め、身じろぎ一つしない。まるで動いたら殺されるとでも思っているような緊張感《きんちょうかん》。

「冒険者……信じてあげて」

「み、神子様……」

「ニコラスも……ヒューゴーも……おこらないで」

まだ年若い少女だ。

はっとするほどに美しい。それでいて、ガラス細工のように、触《ふ》れたら壊《こわ》れてしまいそうなほど儚《はかな》く、幻想《げんそう》的だ。

陽《ひ》の光を思わせる黄金の髪《かみ》と、透き通る肌《はだ》、小さな身体《からだ》。全《すべ》てが庇護欲を駆《か》り立てる。

そんな彼女《かのじょ》を、ニコラスや神官たちは崇拝《すうはい》するように見つめる。

「ほら、神子ちゃんもこう言ってんだろ」

「ギルドマスター！　旅神の力をその身に宿す現人神《あらひとがみ》であられるお方に、なんという口の利《き》き方を！」

神官のトップは神官長だ。

だが、旅神教会で最も尊いのは、神子である。個人名は必要ない。神子、あるいは旅神の子と呼ばれる。

神子は必ず存在するわけではなく、神が危機を察すると産み落とすとされている。現存するのは旅神の他には、技神の子だけだ。

神子はまさしく、旅神の代行者。神子が産み落とされてから、冒険者の力も増している。

まるで、来る脅威に対抗《たいこう》するためかのように……。

「こ、こほん。神子様がそうおっしゃるのなら、一旦《いったん》様子見をしましょう。幸い、居場所はわかっているのですから」

「つーか、後ろめたいことがあったら逃《に》げるだろ、普通《ふつう》」

「だまらっしゃい！　上級神官フェルシー！　こちらに来なさい」

ニコラスが呼んだのは、彼が信頼《しんらい》する神官の一人だった。

「は～い」

「あなたはもう少し緊張感を……いえ、今はいいでしょう。あなたは《魔物の男》の監視《かんし》につきなさい。可能なら接触《せっしょく》し、確かめるのです。旅神教会に敵対する者なのかどうかを！」

「エッセン様にはボクも興味あったからね。任せてよ、しんかんちょー」

「あなたの信仰心《しんこうしん》は信頼していますよ。言葉遣い以外はね」

監視をつけることに否《いな》はないのか、ここが落としどころだと判断したのかは不明だが、ヒューゴーは反対しなかった。ふんとつまらなそうに鼻を鳴らすのみだ。

「フェルシー……最初から疑ってかかったらだめ……だよ」

神子がおずおずと忠言する。

フェルシーは恭《うやうや》しく頭を下げると、踵《きびす》を返して会議室を出ていった。

ぞっとするほど妖艶《ようえん》な笑《え》みを浮かべて。

一章　【中級冒険者《ぼうけんしゃ》】エッセン

「これからは中級だ……！」

冒険者ランキング５０００位を突破《とっぱ》し、中級冒険者になることができた。

中級になったら何をするか？　そんなの決まってる。

「さっそくDランクダンジョンに行こう」

下級だろうと中級だろうと、やることは変わらない。

ひたすら上を目指して、ダンジョンに潜《もぐ》るだけだ。

そして早く、ポラリスに追いつく。そのためには、のんびりしている暇《ひま》などない。

いつものように、ダンジョンへ向かう準備をして、部屋を出た。

中級地区に引っ越《こ》すこともできるのだが、家賃が高いためもう少し余裕《よゆう》ができるまでは前から住んでいる下宿所にいるつもりだ。

やや遠いが、下級地区からでも通うのにそれほど支障はない。

駆《か》け足で道を進み、中級地区に入った。

「壁《かべ》一枚抜《ぬ》けただけなのに、全然景色違《ちが》うよな……」

なんというか、空気が違う。

人々の服装も、家の外装も、道の舗装《ほそう》でさえ、下級とは比べ物にならないほどに上質だった。

基本的に誰《だれ》でも住める下級に対して、中級はいずれかの分野で結果を残した者しか入れないのだから、当然かもしれないが。

「まだ慣れないな……。いやいや、俺《おれ》はもう中級なんだから、自信をもたないと」

この中にいると、途端《とたん》に自分が情けない存在に思えてくる。

でも、リュウカが新しく作り直してくれた装備だけは、中級相当のものだ。中身は小市民だけど、装備のおかげでそれなりに見えている。……と思いたい。

いつか、この空気にも慣れる日が来るのだろうか。

ポラリスに案内してもらったので、地理はある程度把握《はあく》している。

その時、最寄りの中級ギルドにも寄ったが、中級以上はあまりギルドを利用しないらしい。なぜなら、下級冒険者ギルドほどサポートが手厚くないからだ。

中級から先、ただ与《あた》えられるだけでは生きていくことはできない。

だから、ほかの冒険者に聞くなりして、自分で情報を集める必要がある。

ギルドはあくまで、冒険者の情報交換《こうかん》の場、といった感じだ。職員もほとんどいなかった。

「ポラリスに聞いてばかりでも、成長できないしな……。自分の力で頑張《がんば》ろう」

まああいつの場合、強すぎて細かい攻略法《こうりやくほう》などは覚えていないらしいが。

今日行くダンジョンの情報は、すでに集めてある。

俺は中級地区に入ったその足で、馬車に向かった。

中級ダンジョンへの乗合馬車は、中級地区から出ている。

「《静謐《せいひつ》の淡湖《たんこ》》の宿場町にお願いします」

「はいよ」

そして俺は、中級冒険者への第一歩を踏《ふ》み出した。


《静謐の淡湖》は、とある農村地帯にあるダンジョンだ。

馬車での移動で一日潰《つぶ》れるので、《岩礁《がんしょう》》に行った時のように泊《と》まり込《こ》みになる。

朝早く出て、夕方に宿場町に到着《とうちゃく》。その後、宿で一泊《ぱく》した。

「よし、ダンジョンに行くか！」

朝起きて宿で朝食を摂《と》った俺は、意気揚々《ようよう》と歩きだした。

ちなみに、農村地帯だけあって野菜が新鮮《しんせん》で美味《おい》しかった。

「たしか、湖がダンジョンになってるんだよな……」

事前に軽く情報を集めてきたものの、詳《くわ》しくは知らない。

他の冒険者に聞くと、現地に案内人がいるから大丈夫《だいじょうぶ》という話だった。

町を出て、舗装された森の中を歩く。

少し歩くと、鬱蒼《うっそう》とした木々だけだった視界が一気に開けた。

「おお……！」

向こう岸が見えるくらいの小さな湖だ。

水面がキラキラと輝《かがや》き、背景の山と空が逆さまに映し出されている。

波はほとんどなく、穏《おだ》やかだ。

「絶景だ」

中に危険な魔物《まもの》が潜《ひそ》んでいるとは思えないほど、美しい光景だった。

ほとりにはいくつか小屋が並んでいる。

見ていると、冒険者がダンジョンに入る前に寄っているようだった。

「あそこに案内人がいるのかな？」

今まではエルルさんに貰《もら》った資料を見てから挑《いど》んでいたから、情報がないのは怖《こわ》い。

中級以上は、攻略《こうりゃく》が進んでいないダンジョンも多い。いつでも万全《ばんぜん》に情報を得られるとは限らないのだ。

《淡湖》は比較的《ひかくてき》情報が集まるようだが、これからもできるとは限らない。

そういう意味で、ギルドに頼《たよ》る以外の術《すべ》も身に付ける必要がある。

「いらっしゃいませ。《静謐の淡湖》へ挑戦《ちょうせん》ですか？　……って、あなたは」

小屋に近づくと、女性が顔を出した。

地味な色の麻服《あさふく》を着ている。農家の娘《むすめ》だろうか。

彼女《かのじょ》は俺を見て、驚《おどろ》いた顔をしていた。

「エッセンさん、ですよね？」

「はい。……あっ」

「思い出しました？　エッセンさんに助けてもらったユアです！　こんなところで会えるなんて、偶《ぐう》然《ぜん》ですね！」

ユアと名乗る少女は、俺が《白霧《はくむ》の森》でフォレストウルフから助けた人物だ。その後、病気の母を助けるため、とダンジョン素材の採取依頼《いらい》も請《う》け負った。

何度かギルドを通じて手紙のやり取りはしていたが、顔を見るのはあの時以来だ。

「すごい、中級冒険者になったんですね！　一人でボスを倒《たお》しちゃうくらいですもんね。やっぱ強い人だった！」

ユアは手を胸の前で組んで、目を輝かせた。

初対面がなかなか衝撃《しょうげき》的だったので、彼女は俺を過大評価している節がある。なにも知らない田舎《いなか》っ子を誑《たぶら》かしている気分になるな……。

久しぶりにあったユアは、記憶《きおく》よりも表情が明るく、元気だった。こっちが素なのだろう。

あの時は母の容態《ようだい》もあって、焦《あせ》っていたからな。

「そうだ、ギルドに預けてくれた野菜は美味しくいただいた。ありがとう」

「いえいえ……手紙でも書きましたけど、おかげで母は快復しましたから！　今は元気に農業をしていますよ」

「それは良かった」

「エッセンさんに野菜を食べてもらえて、わたしたちも嬉《うれ》しいです！」

背が低く愛嬌《あいきょう》のある顔立ちで、コロコロと鈴《すず》が鳴るように笑う。見ていて癒《い》やされる子だ。

成り行きだったけど、助けられてよかったと思う。

「それで、ユアはなぜここに……？」

「あっ、そうでした！　農業の合間に出稼《でかせ》ぎに来ているんです。農業って、忙《いそが》しい時は朝から晩までやりますけど、年中忙しいわけじゃないですから」

俺の生まれ故郷も農村だったので、それはわかる。

扱《あつか》っている作物によって時期は変わるが、農閑期《のうかんき》は内職をしたり、町に出稼ぎに出たりするものだ。

「それで、ここは《静謐の淡湖》に挑む冒険者のサポートをするお店です」

「なるほど！　それは助かる」

「といっても、もちろん料金はいただくんですけどね。でも、ここを利用しない冒険者はほとんどいませんよ。皆《みな》さん、ダンジョンに入る前に必ず寄るんです！」

「そうなのか？　何度も来る必要はないと思うが……」

「ふふふ、それはですね……！」

説明し慣れているのか、すらすらと言葉が出てくる。

最後に、悪戯《いたずら》っぽく笑った。

「《淡湖》は水中ダンジョンですから、水の中でも呼吸ができる魔法をかけてからじゃないと挑戦できないんですよ！」

「そんな魔法があるのか……！」

なんで誰も教えてくれなかったんだ……。寄らずにダンジョンに入ったら大変なことになるところだった。

いや、当たり前すぎて言わなかったのかもしれない。ダンジョンが水中にある時点で、対策がなければどうしようもない。

「はいっ。漁業は豊神の領分ですから、豊神のギフトにそのような魔法を使えるものがあるんです。

だから、ここでその魔法をかけてから、ダンジョンに入ってくださいね！」

「それは必須《ひっす》だな……。お願いできるか？　えっと、誰が……」

「わたしです！　エッセンさんにはお世話になったので、無料でやらせてもらいますねっ」

聞くと、《空気使い》というギフトらしい。

素潜《すもぐ》りに使える他、空気の流れや温度を操作することで農業にも利用できるのだとか。効果だけ聞くともの凄《すご》いギフトに聞こえるけど、そんなに大それたことはできないようだ。

「《エアボール》」

ユアの魔法が、俺の頭にかけられる。

視界にうっすらと膜《まく》が見える。それは球体となって、顔を包んでいるようだった。

「空気を圧縮して、顔の周りにだけ空気があるような状態にしてます！　だんだん空気は減っていくので、お昼には一度出てきてくださいね」

「おお、すごいな」

「あ、あと攻撃《こうげき》を受けると割れちゃうので、その時はすぐに水面に上がってください」

てっきり水面でしか呼吸ができないと思っていたから、自由に戦えるだけありがたい。

問題はこの状態でどうやって魔物を食べるか、だけど……。それは行ってから考えよう。

偶然出会ったユアのおかげで、無事ダンジョンに挑戦できるようになった。

最後に魔物の情報を少しもらって、俺は結界に近づいた。

『ご武運を』

旅神に送り出され、《静謐の淡湖》に入った。

《静謐の淡湖》は水中ダンジョンだ。

Dランクからは、魔物の強さに加えて環境《かんきょう》が過酷《かこく》になっていく。

下級のダンジョンは、多少戦いづらいフィールドもあったものの、あくまで魔物との戦いに集中できる環境だった。

しかし、今回は水中。

魔法付与《ふよ》がなければ呼吸することすらできないし、ただ移動するだけでも困難だ。自由に動くこともできない。

「これが水中ダンジョンか……広いな」

ユアがかけてくれた魔法のおかげで、声は問題なく出せた。呼吸もできる。顔の周りだけ空気の塊《かたまり》が残っているような状《じょうきょう》況だ。

顔以外の全身が水にさらされているため、やや寒い。

視界いっぱいに青色が広がり、かなり下のほうに湖底が見えた。魚影《ぎょえい》や人影《ひとかげ》もちらほら見える。

外套《がいとう》や荷物はほぼ置いてきたので、今の格好《かっこう》はインナーと、腰《こし》に収納袋《ぶくろ》があるだけだ。リュウカに作って貰った自動修復機能付きのインナーは、水中でも動きやすい。

「《ウェランドフロッグの水かき》」

序盤《じょばん》で手に入れた割に使用機会のなかったスキルを発動する。

手の指の間に膜が張った。カエルのように、水を掻《か》いて泳ぐことができる。

「《刃尾《じんび》》《鳥脚《とりあし》》」

泳ぐために両手を使用するため、攻撃手段としてスキルを二つ使用する。

《鱗甲《りんこう》》は使わない。あれは体力の消耗《しょうもう》が大きすぎるため、緊急《きんきゅう》時以外使わない予定だ。

「さて、魔物を探すか。あとは水草がポーション系の素材になるんだったよな」

このダンジョンでも、稼《かせ》ぎ方は魔物討伐《とうばつ》と素材採取が主だ。

魔物の素材も売り物になるようなので、ぜひ取っていきたい。馬車と宿で、既《すで》に相当の金額を使っているのだ。取り返さないと。

「おお、結構スムーズに泳げる」

まだぎこちないけど、《水かき》のおかげで行きたい方向に進むことはできた。

泳ぐのなんて、故郷の川で遊んだ時以来だ。もちろん、こんなに深くなかった。

どんどん潜水《せんすい》していき、魔物を探す。

「ごくごく」

すると、人間大の魔物が一体、近くに寄ってきた。

「たしか……レイクシール！」

アザラシの魔物だ。

まるまると太った、灰色の身体《からだ》。犬のような顔をしているが、手足はヒレのようになっていて、泳ぐのに適した身体つきだ。

サイズは俺よりも大きく、まるで牛のようである。

愛らしい瞳《ひとみ》とは対照的に、口元からは二本の長い牙《きば》が生えていて、獰猛《どうもう》に笑っている。

「ごくごく！」

レイクシールは俺を標的に定めると、少し離《はな》れた位置からまっすぐ突進《とっしん》してきた。

「見た目通り遅《おそ》い……けどっ」

水中だからか、決して速くはない。

しかし、同様に俺も速く動けない。目では追えているのに、身体が追いつかない。

「……っ」

《水かき》で懸命《けんめい》に水を押《お》し出し、身体を捻《ひね》った。藁《わら》にも縋《すが》る思いで《刃尾》も活用するが細すぎて効果は薄《うす》い。

「ごくっ」

なんとか牙は回避《かいひ》したが、軌道《きどう》を修正したレイクシールの巨体《きょたい》が衝突《しょうとつ》し、弾《はじ》き飛ばされた。

咄嗟《とっさ》に腕《うで》でガードし、水中で体勢を立て直す。

「戦いづらいな！」

魔物自体の強さはそれほどではない。

だが、環境が悪い。これがDランクダンジョンか……！

ここから先、ただ強いだけではダメだ。

ダンジョンに合わせて、工夫《くふう》して戦う必要がある。

「ごくごく」

レイクシールが旋回《せんかい》し、再び突進してくる。

地上や空中とも違う、自由な軌道。上下左右どこからでも攻撃が飛んでくる、不思議な感覚だ。

「《邪眼《じゃがん》》」

気休めに、石化の光線を放ってみる。

顔の表面を石化することに成功し、勢いが若干《じゃっかん》弱まる。しかし、止まらない。

「《鋭爪《えいそう》》……くっ、ダメだ」

長く鋭《するど》い爪で切りつけようとしたが、水の中では思うように振《ふ》れない。速度が出なければ、斬撃《ざんげき》も意味がない。

失敗ばかりではない。

二度目は動きをよく見ることで綺麗《きれい》に回避することができた。

「少しずつ慣れてきたぞ……」

どうすれば勝てる？

もし地上なら、こんな動きの遅い魔物、敵ではない。攻撃手段だって、牙を用いた突進だけだ。

だが、水中というフィールドが、レイクシールの危険度を上げている。

《刃尾》も《鋭爪》も、水の中では速度が出ない。《鳥脚》で掴《つか》むには、レイクシールは巨体すぎる。

「やっぱこれだよな。一応、海の魔物だし……《リーフシュリンプの空砲《くうほう》》」

リーフシュリンプはボス戦の時は地上に出てくるが、普段《ふだん》は海の中で暮らす魔物だ。

この衝撃波《しょうげきは》を発生させるハサミだって、本来は水中で使用されるもののはず。

「ごくごく」

三度目の突進。単調な攻撃だが、水中に適した肉体を持たない人間にとっては、回避するだけで精一杯《せいいっぱい》の攻撃だ。

俺はそれを正面から見据《みす》えて、ハサミを構えた。

《水かき》を片方解除してしまったから、完全に回避することは難しい。

これで仕留めるしかない。

「喰《く》らえ！」

がちゃん、と水中でも変わらぬ膂力《りょりょく》で、ハサミが閉じられた。

ハサミの先からプラズマが発射される。水中だから空気ではない。水を伝って、衝撃波が飛んでいく。

レイクシールの頭に直撃した。

「ごく……」

「よし！　《大鋏《おおはさみ》》」

レイクシールは口から血を吐《は》きだして、動きを止めた。

即座《そくざ》に近づいて、《大鋏》で挟《はさ》み込む。

「この状態で噛《か》みつくのは難しそうだな……。《星口》」

頭を使った攻撃で、この空気の塊が割れでもしたら最悪だ。

《リーフスターの星口》は手のひらに小さな口を作り出すスキルで、そこから捕食《ほしょく》することができる。

「いただきマスッ」

味は感じないが、《魔物喰らい》の効果は発動する。

《大鋏》によって作り出した傷から右手を身体の中に突《つ》っ込み、中身を喰らう。

ところで、《星口》から食べた肉ってどこにいくんだろうな……？　腕を通って胃に入るのか……？

気になるけど、リュウカに言ったら解剖《かいぼう》されそうなので黙《だま》っておくことにしよう。

『《レイクシールの鰭脚《ひれあし》》を取得しました』

今回も無事、新しいスキルを取得できた。

今までの傾向的《けいこう》に、Dランクだから強いスキルというわけではないだろう。

でも、スキルの数が増えれば戦略の幅《はば》が広がり、結果的に強くなれる。

「さっそく使ってみるか。《鰭脚》」

まず《鳥脚》が解除された。

そして、膝《ひざ》から下がアザラシのヒレのようになった。いや、名前からすると、あれは脚なのかな。

足先が平べったくなり、《水かき》と同じように膜が張っている。

「おお！　泳ぎやすい！」

《水かき》と合わせることで、移動速度がかなり上がった。

それだけじゃなく、静止も方向転換《ほうこうてんかん》も圧倒的《あっとう》にやりやすい。

「すげー、楽しい」

こんなに自由に泳げる日が来るとは思わなかった。

楽しくなって、泳ぎまわる。

「よし、これで《淡湖》での戦闘《せんとう》がやりやすくなるな」

どんどん倒そう。

《水かき》と《鰭脚》。泳ぐのに適した二つのスキルを手にしたことにより、水中での移動がかなり速くなった。

地上と同じくらいと言うと大げさだけど、《銀翼《ぎんよく》》と《天駆《てんく》》を使った空中戦闘と同じくらいには自由に動ける。

レイクシールを何体か倒したあと、別の場所に向かう。

余談だが、レイクシールの牙は加工素材として優秀《ゆうしゅう》らしいので、収納袋に入れて持ち帰る。

レイクシールがいたのは比較的浅い領域だった。

《静謐の淡湖》はかなり深いが、水は綺麗で湖底まで太陽の光が届いている。

湖底は泥質《でいしつ》だ。ところどころに岩が見えるが、足場とするには向いていない。

「これ、普通《ふつう》の冒険者はどうやって戦うんだろ」

俺の他にも何人か冒険者が入っていたが、近くにはいない。

中級ダンジョンは環境への適応力が大事とはいえ、相性《あいしょう》が悪い冒険者はまともに戦うことすらできないのではないだろうか。例えば、キースとか。水中で炎《ほのお》を操れるとは思えない。魔法系は属性次第だな。

逆に剣士《けんし》系など直接戦闘を得意とする冒険者は膂力が凄《すさ》まじいので、水中でも多少動きづらいだけで済みそうだ。

《淡湖》の魔物は水中という優位性を除けばそれほど強くないので、適性があれば良い稼ぎ場だ。

「俺はどうだろ……泳ぐのは得意になったけど、攻撃手段は乏《とぼ》しいな」

分類できないギフトは俗《ぞく》に特殊《とくしゅ》系と呼ばれる。俺はおそらくそこに属する。

肉体を強化するスキルが多いので剣士系に近い。しかし、純粋《じゅんすい》な剣士系ほど身体能力が上がるわけでもない。

手札の多さこそ秀《ひい》でているが、単純な力は剣士系にも魔法系にも劣《おと》る。俺は自分のギフトをそう分析《ぶんせき》していた。

「ま、スキルが増えればできることも増えるから、どんどん増やしていこう」

ダンジョン内で考えごとに没頭《ぼっとう》するのはよくない。

俺は頭を振って、気持ちを切り替《か》える。

このダンジョンには他の魔物もいるので、その魔物を探そう。

湖底近くをゆっくり泳いでいると、突然《とつぜん》、泥が爆発《ばくはつ》したように噴《ふ》きあがった。

「なんだ⁉」

咄嗟に湖底から離れる。

俺がいた場所を通り過ぎたのは、黒い身体に黄色いラインの入った、特徴的《とくちょうてき》な見た目の魚だった。

「レイクエレクトリカスか！」

ナマズの魔物だ。

でっぷりと太った身体に、猫《ねこ》のようにも見える髭《ひげ》を持った魚だ。

サイズはレイクシールよりも一回り小さいが、それでも俺の胴体《どうたい》ほどもある。

「土の中に隠《かく》れてたんだな……」

幸いにして、動きは速くないようだ。

エレクトリカスは虚《うつ》ろな瞳で俺をじっと見つめて、口をぱくぱくと動かしている。

外で仕入れた魔物の情報も、名前と簡単な特徴くらいだ。実際に戦ってみなければわからないことも多い。

たしか、この魔物の特徴は……。

「……っ」

「ばちっ」

突如《とつじょ》、エレクトリカスの身体表面が一瞬《いっしゅん》だけ発光した。

ユアから聞いた言葉を思い出す。

レイクエレクトリカスは――雷《かみなり》を操《あやつ》る魔物だ。

「がは……っ」

距離《きょり》を取っていたのにもかかわらず、発光を目で捕《と》らえたと思ってからすぐに、身体中に痛みが走った。

即死《そくし》するほどの威力《いりょく》ではない。しかし、手足が痺《しび》れて動けない。

その隙《すき》に、エレクトリカスがゆったりとした動きで近づいてきた。俺はそれを、黙って見ていることしかできない。

甘《あま》かった。まさか距離を取っていても、目に見えない雷が一瞬で到達《とうたつ》するとは。

雷は空から降って来る災害だ。遠目にしか見たことがないが、当たれば大木を破壊《はかい》するほどの力を持つ。

冒険者のギフトで使える者もいる。会ったことはないが、雷のギフトは非常に強力らしい。

それほどの属性を、低出力とはいえ使える魔物だ。

「く……そっ」

舌も上手《うま》く回らない。

俺は辛《かろ》うじて動かせる《刃尾》を振って、エレクトリカスに斬《き》りかかった。

大した攻撃ではない。しかし、完全に動けないと思った俺から反撃があったことに驚いたのか、エレクトリカスは身体を翻《ひるがえ》して大きく回避した。

電撃で麻痺《まひ》させ、悠々《ゆうゆう》とトドメを刺《さ》す。そういう魔物なのだろう。反撃には慣れていないようだ。

「うっ、く……なんとか動けるようになったか……？」

この隙に回復した俺は、全力で泳いで一度距離を取った。

ウェランドフロッグの毒といい、俺は間接的な攻撃に弱いな。あれは自滅《じめつ》だけど。

接近戦ならかなりの対応力があると自負しているが、搦《から》め手を使われるとどうも後手に回る。

「雷を無効化する装備でもあればいいんだけど……」

麻痺毒ではないから、解毒ポーションも効かない。

《水精霊《せいれい》の祝福》が火への耐性《たいせい》を獲得《かくとく》できるように、雷への耐性をギフトなどで得られれば、対処は容易だろう。だが、現状持っていない以上は今あるスキルでなんとかする必要がある。

「やっぱ一方的に倒すのが一番早いよな……《空砲》」

エレクトリカスは湖底で油断なく俺を睨《にら》んでいる。

向こうから近づいてくる気はないようだった。

この距離では衝撃波が届かないので、近づく必要がある。中距離でこそ真価を発揮するスキルだ。

だが、そこまで近づけばエレクトリカスの雷も届いてしまう。

「とりあえず一発撃《う》ってみるか」

その場でハサミを構えて、発射する。

リーフシュリンプの衝撃波も、雷の属性を持った攻撃の一種だ。俺は学者ではないのでよく知らないが、ハサミをぶつけ合った時にプラズマと呼ばれる雷が発生し、それが衝撃波となって伝わるらしい。意味がわからない。

「……やっぱ届かないか」

衝撃波は途中《とちゅう》で掻き消え、エレクトリカスは微動《びどう》だにしない。

遠距離攻撃は届かず、近づけば回避不可能な電撃でやられる。

策がないように思えた。

「レイクシールとは違って、今度は魔法系ギフトが得意な魔物だな……」

水中でも使える魔法に限るが。

……ないものねだりをしても仕方ない。

「ポラリスはずっとソロだって言ってたからな……すごいよ」

彼女の《銀世界》は剣士系の身体能力と剣術を擁《よう》しながら、氷の魔法も使える複合ギフトだ。それはそれで欠点もあるのだが、それを差し引いても強力なギフトである。

負けず劣らず俺も汎用性《はんようせい》の高いギフトなので、ソロでもやっていけると思いたい。もちろん、必要があればパーティを組むことに抵抗《ていこう》はない。

「ともかく、今はこいつをどう倒すかが重要だ」

俺の持つスキルで、レイクエレクトリカスに対抗《たいこう》できるスキルが一つだけある。

「消耗が激しすぎるけど、使うしかなさそうだ。《鱗甲》」

体表をヴォルケーノドラゴンの鱗《うろこ》が覆《おお》っていく。

ドラゴンの鱗に、両手両足にはヒレという不思議な姿になった。これ、完全に海の魔物では……？

「行くぞ」

勢いよく水を押し出して、レイクシールよろしく突進する。

エレクトリカスは即座に身体を光らせた。雷が目に見えない速度で飛んでくる。

「うっ……痛い、けど、動けないほどじゃないな！」

少し痺れを感じたが、問題なく動ける。

リュウカによる検証の結果、ヴォルケーノドラゴンの鱗は火や光にはめっぽう強く、雷や土、風にもそれなりの耐性を持つようだった。弱点は水と氷だ。

魔法属性はたくさんあるので全《すべ》て検証できたわけではないが、かなり強い。

だがAランクの魔物のスキルを使いこなすにはまだ俺の実力が足りていないようで、そう気軽に使えるものではない。

「《大鋏》《星口》」

倒し方はレイクシールと同じだ。

ハサミで首を挟み込む。直接触《ふ》れたことで一層強い雷が流れたが、ダメージに怯《ひる》んだのかすぐに収まった。

絶命する前に、傷口に手を突っ込む。

「よしっ」

強敵だった。

『《レイクエレクトリカスの雷掌《らいしょう》》を取得しました』

スキルを取得したと同時に、エレクトリカスは息絶えた。

レイクエレクトリカスを倒し、新たなスキルを手に入れた。

「さっそく使ってみるか……！」

取得したスキルは《レイクエレクトリカスの雷掌》だ。

「いや、待て……今までの傾向からして、雷のスキルだよな？」

《魔物喰らい》は、元となった魔物の特徴をスキルとして使えるようになるものだ。

たまに予想が外れることはあるが、《邪眼》や《空砲》あたりはわかりやすくその魔物特有の能力を引き継《つ》いでいる。

エレクトリカスは雷を操るナマズの魔物だった。

「水中で使ったらやばい気がする」

珍《めずら》しく危機を察知した俺は、スキルの使用を中止した。

服をぼろぼろにしたり、食べようと思ったら毒で死にかけたり、散々だったからな……。中級になったからには、思慮《しりよ》深く生きなければ。

下級の俺とは違うのだよ。

「よし、地上に出てからにしよう。ここだと、なにかあったらそのまま死にかねない」

水中ダンジョンで油断すれば、魔物に殺される前に環境で死ぬ。中級ダンジョンとはそういうものだ。

旅神の力で、魔物と魔神の影響《えいきょう》を受けた土地は結界によって隔離《かくり》されている。だから、ダンジョンから出てしまえば安全だ。

「さて、できれば最後の一匹《ぴき》とも戦いたいんだけど……」

残りの一匹はなんという名前だったかな。

ユアに聞いたことを思い出しながら、警戒《けいかい》を怠《おこた》らず進む。

湖は広く、水は透《す》き通っているとはいえ遠くまでは見えない。

うっすらと影《かげ》が見える程度だ。

「少し寒くなってきたな。あと一体倒したら上がろう」

両手両足を精一杯使って泳いでいるが、水にどんどん体温を奪《うば》われていく。

リュウカが作ってくれた自動修復付きのインナーは、肌《はだ》にぴっちりと張り付いて体温も保持してくれている。それに、《風精霊の祝福》も、体温調節の効果があったはずだ。

しかし、《鱗甲》の使用による疲労《ひろう》も合わせて、体力が限界に近づいている。

「ん、あれは……」

湖底から離れ、少し水面に近づいたところで、魚影が見えた。

レイクシールかと思ったが、よく見ると違う。

普通の魚の形をしているようだった。

「レイクフィッシュか！」

そう、認識《にんしき》した直後だった。

「……っ」

慌《あわ》てて、《水かき》を使い横に移動する。

そのすぐ横を、突進してきたレイクフィッシュが通り過ぎていった。

水中だから距離感《きょりかん》が読みづらい。

「速いな！」

レイクフィッシュは小さい魔物だった。

大きさとしてはフォレストラビットと同じくらいか。両手で持ち上げられそうなサイズだ。

細長い身体は、青く輝いている。口は尖《とが》っていて、刺されたら痛そうだ。

「美味しそうだな」

「……!?」

ぼそりと呟《つぶや》くと、レイクフィッシュがびくりと震《ふる》えた。

言葉が通じているわけではないだろうけど。

魔物を見て美味しいかどうかで考えるの、我ながらやばいな……？

まあレイクフィッシュはリーフクラブと同じく、食用にされている魔物だし……。

そんなことを考えながら、戦闘態勢を整える。

「喰らってやるよ」

使うスキルは《炯眼《けいがん》》と《邪眼》、そして《刃尾》だ。

非常に素早《すばや》く殺傷能力の高い魔物だが、動きさえ止めてしまえば倒すのは容易《たやす》いはずだ。

「……」

「くっ、やっぱ速いな！」

先に気づけてよかった。

無音で突進してくるので、不意を衝《つ》かれたら一発で死ぬ。水中は全方位から攻撃できるので、さらに危険だ。

「速度特化のやつは防御《ぼうぎょ》が弱いって相場が決まってるんだよ！」

《水かき》と《鰭脚》をフルに使って回避しながら、《刃尾》で切りつける。

しかし、刃が動いた時にはレイクフィッシュは遥《はる》か後方にいた。

「追いつけないか……。水中は攻撃手段が限られるな」

レイクフィッシュはすぐに転回して、再び突進してくる。

ナイフのように鋭い口先が、まっすぐ俺の頭を狙《ねら》っている。

「《邪眼》」

突進に合わせて、石化の光線を発射する。

水中だからか、光線の速度がやや遅い。だが、まっすぐ迫《せま》るレイクフィッシュには、問題なく直撃した。

「よし！　……やばっ」

頭を石化させたとはいえ、勢いがいきなり消えるわけではない。不便なスキルだ。

目視する必要がある関係上、突進の軌道上に目線を合わせたのがまずかった。

文字通り目と鼻の先に、レイクフィッシュが迫る。

「くそ！」

身体を捻って、なんとか直撃は回避した。

しかし、レイクフィッシュの口先が《エアボール》を掠《かす》めた。顔の周りに張られている、空気を囲う膜はその攻撃で破れた。

ぶくぶくと音がして、空気が水中に溢《あふ》れ出した。いくつもの泡《あわ》が水面に向かっていく。

「うぐっ」

慌てて口を閉じる。

水は飲み込まずに済んだが……まずい、息ができない。

水面に上がらないと！

しかし、石化が解ければすぐに攻撃してくるだろう。水中でレイクフィッシュから逃《に》げきれるとは思えない。

一瞬で倒して、すぐに上がろう。

石化の効果時間との戦いだ。身体が小さいからか、石化によって完全に動きを止めている。

突進の勢いのまま少し離れた場所に流れていたので、追いすがって両手で掴む。

「……！」

しかし、その瞬間レイクフィッシュが再び動きだした。

《刃尾》は間に合わない。

なら……。

（いただきマスッ！）

両手に力を入れ、逃がさないようにしながら、思い切り噛みついた。

口を開けたから、水も一緒《いっしょ》に入ってくる。めちゃくちゃ苦しい。

なんとかレイクフィッシュの喉元《のどもと》を噛みちぎり、呑《の》み込んだ。

小さい魔物だから、これで絶命したと思う。

手を離し、水面に向かおうとしたところで、脳内に声が響《ひび》いた。

『スキル《レイクフィッシュの鰓孔《えらあな》》を取得しました』

即座に、肺の中に残ったわずかな空気を吐き出して、スキルを発動する。

「《鰓孔》……っ」

頬《ほお》の当たりに、スキルが発動した感覚がある。

エラ……それは、魚が水中で呼吸するために使う器官だ。

「息ができる……！」

浮上《ふじょう》をやめて、停止した。

《エアボール》がなくても、もう慌てて水面を目指す必要はない。

「水中でも呼吸ができるようになったのか……！」

ヒレとエラを手にしたことで、完全に水中で活動できるようになったのだった。

地上が辛《つら》くなったら海に移住しようかな……？

水中ダンジョン《静謐の淡湖》から出た俺は、ユアが働く小屋に戻《もど》って来た。

ダンジョンの周りに並ぶこの簡素な店は、小規模ながらもダンジョン攻略に欠かせない役割を果たしている。

水中での呼吸を可能にする《エアボール》を付与することだってそうだし、俺は買わなかったが水中に対応した装備なんかも販売《はんばい》しているようだ。

また、食事を摂《と》ることもできる。

「あっ、エッセンさーん！」

俺を遠目で見つけたユアが、手を振りながら声を張り上げた。

弾《はじ》けんばかりの笑顔《えがお》が眩《まぶ》しい……。野蛮《やばん》なダンジョン攻略から戻った時にこのような少女に出迎《でむか》えられれば、誰だって嬉しい気持ちになる。

その証拠《しょうこ》に、彼女の店には数名の冒険者が集まっていた。

湖は広かったから気が付かなかったけど、意外と人数がいたんだな。ざっと見たところ、十名ほどの人数だ。

みんなぴっちりと身体に張り付く水中用の防具を付けている姿が特徴的で、なかなか珍しい光景だと思う。

俺も似たり寄ったりの装備なので、人のことは言えないけど。リュウカが作った自動修復機能付きのインナーをそのまま流用できたので、機能性もばっちりだ。

「遅かったですね。心配しましたよ～」

駆け寄って来たユアが、ほっと息をつく。

《エアボール》が割れた後も、《鰓孔》で呼吸できるのをいいことに遊泳してたからな……。魔物との戦闘こそしていないが、水中に完全に適応したことが嬉しくてつい時間が過ぎてしまった。

「心配かけてすまん」

「いえ、無事ならいいんです！　でも、《エアボール》の効果時間過ぎてませんか……？　あれがないと、ダンジョンの中で窒息《ちっそく》しちゃいますよ」

「あー……っと、実は俺も、水中で呼吸できるスキルが使えて」

まさかエラがあるとは言えず、咄嗟に表現を変える。嘘《うそ》ではない。

空を見てみると、たしかにユアが言っていた効果時間を大幅《おおはば》に過ぎていた。なるほど、心配になるわけだ。普通の人間は、水中で呼吸をすることはできない。

そう考えると、俺たち冒険者はこの小さな少女に命を握《にぎ》られているわけか……。つくづく、冒険者はサポートなしでは活動できないのだと思い知る。

「えー！　それならそうと最初に言ってくださいよ。私、本当に心配したんですから。母と私の命の恩人が、私のせいで死んじゃったかもって……」

「まじでごめん。使うのは初めてだったというか、ダンジョンの中で初めて使えるようになったというか」

「新しくスキルが発現したってことですか……？　むう、それなら仕方ないです」

割と行き当たりばったりで生きているので……。

レイクフィッシュのスキルが《鰓孔》だとは取得してみるまでわからなかったし、これまでの魔物もそうだ。考えてみれば、スキルを取得できなかったら危険だった場面は山ほどある。

「でも、それじゃあ私の魔法はもう必要ないですね……」

「え？」

「だって、エッセンさんは自分で水中呼吸できるんですよね？　せっかく恩を返すチャンスだと思ってたのに、これじゃあ返せないです！」

「恩なんて感じる必要はないぞ。もうお礼の野菜は貰ってるし、俺が勝手に助けただけだから。むしろ、俺が助けてもらった側だし」

今の俺があるのはユアのおかげだ。本人は知らないだろうけど。

彼女がフォレストウルフに襲《おそ》われているところに居合わせなければ、《魔物喰らい》の真の使い方に気づくことはなかったと思う。生きたまま魔物に齧《かぶ》り付こうなんて発想、普通は出てこない。現に、四年間気が付かなかったわけだし。

だから、逆なのだ。

俺にとってユアこそが恩人で、俺をここまで引き上げてくれた人物だ。だから、恩に感じる必要は本当にないんだよな。

「私がエッセンさんを……？」

「……まあ、それは知らなくていいことだから。ともかく、俺が助けたことは気にしないでくれ」

「優《やさ》しいんですね。でも、エッセンさんがいらないって言っても勝手に返しますから！」

ユアは満面の笑《え》みでそう言った。

その瞳は純粋で、真っすぐ俺を見つめている。

くっ、こんな純粋な子に隠しごとをしているみたいで、非常に心苦しい……っ。

でもまあ、俺が全身を魔物化させる化け物だと知ったらドン引き間違いなしなので、隠しておこうと思う。

「それとも、迷惑《めいわく》ですか……？」

「いや、迷惑なんかじゃ……。そうだな、なら、上手い飯でも作ってくれ。もちろん料金は払《はら》うよ」

「それなら任せてくださいっ。新鮮な野菜と川魚が豊富なので、ここのご飯は美味しいですよ！」

こっちです、とユアが俺の手を引いた。

それを見て元気だなぁ……と思ってしまうあたり、俺はそろそろ歳《とし》なのかもしれない。

いくつか並ぶ小屋の一つが食事処になっているようで、外に並べられた椅子《いす》とテーブルは冒険者たちでごった返していた。

「すぐ持ってきますから、待っていてくださいね」

「ああ、わかった」

ユアはそう言って、小屋の中に入っていく。

さて、どこか空いている席は……と見渡《みわた》したところで、冒険者たちの視線が一か所に集まっていることに気が付いた。

「おいおい、あの子すごい食べっぷりだな」

「もう十杯《ぱい》は食べたか？　細いのにどこに入っていくんだ……」

「たくさん食べる子っていいよな……。そんなレベルじゃない気もするけど」

周囲から、そんな話し声が聞こえてくる。

釣《つ》られて俺も視線を向けると、そこにはどこか見覚えのある少女がいた。

両手にパンを持ち、頬はぱんぱんに膨《ふく》れている。

「あいつは……！」

俺が目を見開いたのと同時に、彼女も俺のほうを見た。

視線が交差する。

彼女はパンを置いて、立ち上がった。

「ふぁふぁふぁふがが」

「なに言ってるかわかんねえよ……」

少女はのんびりと咀嚼《そしゃく》して、口の中身を呑み込んだ。

頬についたスープを指で取り、ぺろりと舐《な》めてから、改めて俺を見る。

「やほ、探したよ。エッセン様？」

そう言って、俺の前に進み出た。

さっきまでの光景が嘘のように思えるほど、その立ち姿は美しい。

光り輝く短いスカートの法衣に銀の装飾《そうしょく》、対照的に光を吸い込む、黒いボブカット。

「……フェルシー」

「覚えていてくれたんだね」

そこにいたのは、リーフクラブが脱走《だっそう》した事件の際に出会った、旅神教会の神官……フェルシーだった。

俺だって忘れたかったよ。でも、たった一度の出会いが鮮烈《せんれつ》すぎて、忘れられなかった。

「こっち座りなよ。ゆっくり話そう？」

「……いや、俺は」

「逃げられると思わないでね」

フェルシーに促《うなが》され、渋々《しぶしぶ》彼女の前に座《すわ》る。

「ここの料理美味しいよ。おすすめ」

フェルシーという少女は、旅神教会の神官だ。

彼女と出会ったのは一度きり。《潮騒《しおさい》の岩礁》の宿場町でリーフクラブが暴れるという大事件の際、その収拾を付けるために派遣《はけん》されたのが彼女だった。

事件の解決に関わった俺は、彼女に事情聴取《ちょうしゅ》を受けたのだった。

その時に言われた言葉は、忘れもしない。

――もし魔物の身体を持つ人間なんていたら――処刑《しょけい》しないといけないからね。

あの時から、俺のことを疑っていたのだろうか。

そして今日、わざわざ俺の前に姿を現したということは……。

「改めて、ボクはフェルシーだよ。エッセン様を監視《かんし》するために来たんだ」

「ずいぶんと直接的な言い方だな」

「隠してても仕方ないからね。なぜ監視されるかは……自分でもわかってるでしょ？」

不思議な雰囲気《ふんいき》の少女だ。

あどけない顔付きなのに、ぞっとするほど鋭利《えいり》で冷たい空気を纏《まと》っている。

綻《ほころ》んだ口元も、目が笑っていないせいで恐《おそ》ろしい。

「……覚えがないな」

「ざんねん。今回は誤魔化《ごまか》されてあげるわけにはいかないんだ。魔物の力を使ってヴォルケーノドラゴンを倒す……そんなことをした冒険者だからね」

フェルシーは猫のような大きな瞳を向けて、にやりと笑う。

ヴォルケーノドラゴンと戦った際、俺は人目を気にせずスキルを使っていた。気にする余裕なんてなかったからな……。

当然、目撃者《もくげきしゃ》はたくさんいた。だから、旅神教会にバレるのも時間の問題だっただろう。

「どうしてここがわかったんだ？」

「んー？　エッセン様って迷宮《めいきゅう》都市の馬車を使ったでしょ？」

「そりゃ、結構な距離あるし……」

「どこ行きの馬車に誰がいつ乗ったかは、全部記録されてるんだ」

「なるほど」

冒険者の所在地は概《おおむ》ね把握できるというわけか。

運営しているのが迷宮都市である以上、そのくらいは簡単だろう。

「しかし、監視か……。別に、俺にやましいことはないんだけど」

「それはエッセン様が決めることじゃないよ。魔物になれるってだけで、十分監視するに値《あたい》する。……ううん、今すぐ処刑してもいいくらい」

相変わらず、人の死に対する認識が軽いな……。もしくは、人だと思っていないのか。

たしかに、俺は身体の一部を魔物にすることができる。

たとえば《大鋏》であれば腕が完全にリーフクラブになっているし、《刃尾》など身体から新しい部位が生えるものまである。

魔物になれる、という表現が適切なのかはわからないけど、疑われる理由はよくわかる。だから隠していたわけだし。

キースやポラリスは、戸惑《とまど》いながらも受け入れてくれた。それは、俺個人との繋《つな》がりがあったからだ。リュウカは例外だ。

ヴォルケーノドラゴンとの戦闘に居合わせた冒険者たちは、一緒に危機を乗り越えたという空気感によって流してくれた。

だが俺のことを知らない他人からしたら、恐ろしい力に違いない。

「……俺のこの力は、旅神のギフトによるものだ。旅神教会から咎《とが》められる謂《いわ》れはないな」

そう、いかに見た目が魔物でも、このスキルは旅神から授かったギフト《魔物喰らい》によって得たものだ。

「簡単に信じられると思う？」

「その証拠に、俺は結界を通り抜けてダンジョンに入れる」

「敵は魔物を町中に解《と》き放てるんだよ？　結界が完全ではないことは、エッセン様もよくわかってるでしょ？」

「……旅神教会なら、俺のギフトを調べたりできないのか？」

《魔物喰らい》の名前とギフトの効果……それさえ証明できれば、俺の無実は伝わると思う。

旅神教会は冒険者に対して絶対的な権力を行使できる存在だ。敵に回しても損しかない。

もしギフトを剥奪《はくだつ》されたり、フェルシーの言うように処刑されたりしたら……俺の夢はここで潰《つい》えることになる。

上級冒険者になり、ポラリスの隣《となり》に並び立つという夢が、ここで終わってしまうのだ。

なんとしても、無実を証明する必要がある。

「できないんだよね。旅神教会ができるのは、あくまで教徒の管理だけ。冒険者と旅神の間のやり取りには介入《かいにゅう》できないよ」

「案外不便なんだな」

「うん。だから、怪《あや》しかったら処刑しちゃったほうが早いんだ」

ぞっとするほど冷たい声で、そう言った。

……彼女にとって、俺はいつ殺してもいい相手なんだろうな。

生かしておく理由がなかったらあっさり殺す。そういう目をしている。

こんなところで死にたくない。

しかも、ダンジョンで死ぬのではなく、人間に殺されるなんて。

抵抗すれば勝てるか？

一瞬、考えがよぎる。しかし、この小柄《こがら》な少女に勝てるイメージが一切《いっさい》湧《わ》かない。

「やめときなよ。ボク、これでも上級だから」

俺の心を見透《みす》かしたように、フェルシーが呟く。

視線は料理に釘付《くぎづ》けになっているのに、隙が一切ない。

「でも安心して？　ボクとしては今すぐ殺してもいいんだけどね、一応監視ってことになってるから。神子《みこ》様とギルドマスターのおじさんに感謝だね」

「ギルドマスターと……神子様……？」

「旅神教会としては、エッセン様は即刻《そっこく》捕らえて尋問《じんもん》するつもりだったんだよ。でも、二人が反対したんだ。だから、仕方なくボクが監視につくことになった」

ギルドマスターは冒険者ギルドのトップだ。直接会ったことはないが、存在は知っている。けど、神子様とやらは知らない。フェルシーに教える気もなさそうだ。

「だからさ、殺されないだけ温情だと思って、諦《あきら》めるといいよ」

「……ちなみに、監視ってなにをするんだ？」

「しばらくボクが一緒に行動するだけだよ。やましいことがないなら、問題ないよね。もちろん、魔神教会側だとわかったらその場で殺すけど」

「俺はソロが好きなんだけどな」

「可愛《かわい》い女の子とパーティを組めるなんて運がいいね」

見た目通り中身も愛らしかったら、どれほど良かったか。

これから始まる面倒《めんどう》を考えると、喜ぶ余地はなかった。

二章　【上級神官】フェルシー

フェルシーの監視《かんし》をどうするか……。

それを考える前に、まずは腹ごしらえだ。

対面に座《すわ》るフェルシーは、にこにこしながら俺《おれ》を見つめている。可愛《かわい》らしい顔付きなのに、どこか恐《おそ》ろしい。

少し待つと、ユアが料理を持って戻《もど》ってきた。

「お待たせしました！　野菜と魚介《ぎょかい》のスープです！」

器に入った料理を、俺の前に置いた。

さすが農業が盛んな地域だ。川魚とともに、色とりどりの野菜が煮込《にこ》まれている。一緒《いっしょ》に、パンも並べられた。

「あ、ボクにも追加ちょーだい」

「……まだ食べるのか？」

「育ち盛りなんだ」

俺が来るまでも相当食べていた気がするが……。

ユアが「はーい！」と元気に返事した。そのまま、俺にそっと耳打ちする。

「彼女《かのじょ》ですか？」

「勘弁《かんべん》してくれ。まじで」

彼女どころか、俺を殺そうとしている人です……。

「よかったです。パンのおかわりもあるので、声かけてくださいね！」

そういえば、エルルさんにもユアが彼女か聞かれたなぁ……。なんて懐《なつ》かしく思いながら、パンをスープに浸《ひた》す。

そして野菜と一緒に、口に放《ほう》り込《こ》んだ。

「うん、美味《うま》い」

新鮮《しんせん》で旬《しゅん》な野菜は、やっぱり美味いな。

迷宮《めいきゅう》都市には色んな店があるが、その土地ならではのものを食べられるのは遠征《えんせい》のいいところだ。

目の前に殺意全開の奴《やつ》が座ってなければ、もっと美味《おい》しかったと思う。

やや緊張《きんちょう》しながら、食事を終える。

立ち上がりながら、まだ食べているフェルシーに声をかける。

「俺はダンジョンに戻るけど」

「ボクも行くよ」

彼女は即答《そくとう》しながら、残った料理を恐ろしいスピードで平らげた。

今食べた量だけで、大人数人分くらいある気がする……。

「勝手にしてくれ……」

もう逆らうのも面倒《めんどう》で、適当に答える。

俺にやましいことはなにもない。

少々特殊《とくしゅ》なギフトを持っているだけの、善良な冒険者《ぼうけんしゃ》である。

疑われているからといって、行動を変える理由はない。

俺には、冒険者ランキング1位になるという夢がある。のんびりしている暇《ひま》はないのだ。

「《エアボール》つけなくていいのか？」

「うん、平気～」

水中ダンジョンである以上、なにか呼吸を可能にするスキルや魔法《まほう》を使わなければ、活動することはできない。

だがフェルシーは、ユアに《エアボール》を頼《たの》むことなく、そのままついてきた。

『ご武運を』

旅神の声を聞きながら、ダンジョンの中に入っていく。

「神官もダンジョンに入れるのか？」

「うん。旅神のギフトをもらってるのは一緒だから」

「一応冒険者ってことか」

「そうだね。冒険者ランキングには載《の》らないけど」

下級冒険者の時は旅神教会に関《かか》わることはほとんどなかったので、詳《くわ》しいことは知らなかった。

……いや、普通《ふつう》は中級でも関わらないか。犯罪でも犯さない限り。

水に潜《もぐ》ろうとして、踏《ふ》みとどまる。

「……どうしたの？　ボクのことは気にせず、使いなよ。どうせバレてるんだからさ」

「……そうだな。《鰓孔《えらあな》》《鰭脚《ひれあし》》《水かき》」

《静謐《せいひつ》の淡湖《たんこ》》で得た新たなスキルを含《ふく》めて、水中移動に特化した形態になる。

水中で呼吸しながら、自由自在に動くことができる。

「へえ、すごいね」

俺のそんな姿を見て、にやりと笑った。

リュウカだったら、大興奮しながら触《さわ》ってきただろう。

でもフェルシーは、俺を訝《いぶか》しむような目だ。

「それ、《淡湖》の魔物だよね？　てことは……鋏《はさみ》と尻尾《しっぽ》とかを出すスキルじゃなくて、ベースとなる魔物がいるってことだよね。まるで、魔物をコピーしたように」

たった一瞬《いっしゅん》でそこまで気が付くとは、察しが良すぎる。

「身体《からだ》を動物のように変化させて戦う冒険者は他にもいる。でも、エッセン様のは明らかに魔物だよね？」

というか、迂闊《うかつ》だった。

どこまでバレているのかわからないのだから、もう少し慎重《しんちょう》になるべきだったかもしれない。

だが……冒険者として上にいくためには、どのみち避《さ》けては通れない。

これから先ずっと、戦っている姿を誰《だれ》にも見せないなんて不可能なんだから。

「まあな」

「認めるんだ」

「旅神にもらったギフトだ。誇《ほこ》ることはあっても、後ろめたく思う必要はない」

「本当に旅神のギフトだったらね」

まだ認めていないらしい。

「魔物は人類の、そして旅神の敵だよ。魔神が生み出した眷属《けんぞく》。なのに、旅神が魔物の力を取り入れると思う？」

「俺に聞かれても……実際、俺は使えてるわけだし」

この調子だと、疑いを晴らすのは時間がかかりそうだ。

魔物を喰《く》らって能力を得ることがバレたらもっとやっかいなことになりそうだな……。まさしく、魔物を体内に取り込む行動だ。そんなの、自分のことじゃなかったら俺でも怪《あや》しむ。だからこそ、これまで隠《かく》してきたわけだし。

「早く行こうよ。エッセン様が本当に冒険者なら、魔物を倒《たお》してくれるよね？」

「当然だ」

「せっかくだからボスも倒そ」

フェルシーに手を引かれ、《淡湖》に潜った。

《鰭脚》と《水かき》で、水中を苦もなく進んでいく。

そういえば、《エアボール》を付与《ふよ》してもらっていなかったけど、フェルシーはどうするのだろう。

ふと気になって振《ふ》り返ると、フェルシーがなにやらスキルを使った。

「あれは⁉」

《鰓孔》のおかげで水中でも声を発することができるが、彼女には届いていないだろう。

同様に、フェルシーの声も俺には届かない。

なぜなら、彼女の周りには水中にもかかわらず、空気が残っているからだ。

《エアボール》ではない。まるでガラスに囲われているかのように、フェルシーは空気の箱の中に立っていた。

「結界……か？」

非常に珍《めずら》しいが、魔法系の中には結界術と呼ばれる、透明《とうめい》の障壁《しょうへき》を使うギフトもあると聞いたことがある。

「……」

フェルシーは結界の中で、ぱくぱくと口を動かした。そして、手でダンジョンの先を指差す。

なにも聞こえないが、早く行こう、といったところか。

「わかった」

俺は頷《うなず》いて、再び水を蹴《け》った。

結界で空気を確保できることはわかったが、あれで移動できるのだろうか？

その心配も、すぐに杞憂《きゆう》だと気付いた。

「なんだあれ……。結界を動かして漕《こ》いでるのか？」

結界は、ただ壁《かべ》を作るだけだと思っていた。

だが、フェルシーの結界から伸《の》ばされた数枚の結界が、まるで船のオールのように水を掻《か》いて、推進力を得ている。

ずいぶんと器用に動くようだ。なるほど、これならばまったく問題ないだろう。

そのスピードはかなり速く、自由に動けるはずの俺がついていくのに必死だ。

一直線にダンジョンの奥《おく》へ向かう。

「レイクシール……！」

アザラシ形の魔物が、俺とフェルシーに狙《ねら》いを定めて突進《とっしん》してきた。

「《刃尾《じんび》》」

一度は倒した相手だ。

対応しようと、スキルを発動した、その時。

「……は？」

レイクシールが、なにかに切り裂《さ》かれバラバラになった。

煙《けむり》のように、血液が水中に広がる。

文字通り一瞬の出来事だった。

フェルシーが俺を見て、にっと笑う。

「攻撃《こうげき》もできるのかよ……」

結界術、万能《ばんのう》すぎる。

いや、フェルシーがおかしいだけかもしれない。本来、防御《ぼうぎょ》がメインの魔法だったはずだ。

続いて、レイクフィッシュも現れた。

俺は油断なく構えながら、フェルシーの動きを見る。

彼女自身は指先一つ動かしていない。

動いたのは、結界だ。

ナイフよりも薄《うす》く細い透明の結界が伸びて、鞭《むち》のようにしなりながらレイクフィッシュを切り裂いたのだ。

「速い……それに、なんだその威力《いりょく》は」

レイクフィッシュもレイクシールも、決して弱い魔物ではない。

それが一瞬で……。これが上級の実力か。

上級の戦いを間近で見たのは初めてだ。

ウェルネスとは戦ったが、あいつは直接戦闘《せんとう》に長《た》けたギフトではなかったし、炎《ほのお》の効かない俺は相性《あいしょう》がよかった。それに、防御はポラリスに任せていたから、俺に攻撃が届くことはほとんどなかった。

「追いつかないとな……！」

俄然《がぜん》、やる気が出てきた。

正直フェルシーの同行は嫌《いや》でしかなかったが、上級の戦いを観察できるというのはよかったかもしれない。

「負けてられない……《鋭爪《えいそう》》」

さらに速度を上げ、爪を出す。

少し遠くにいるレイクシールに全速力で近づいて、そのままの勢いで切り裂いた。

機動力を手に入れた今の俺は、レイクシールよりも速い。

苦もなく、レイクシールを倒すことができた。

「《星口》」

こっそりスキルを使って、忘れずにレイクシールを喰らう。

まだスキルレベルを上げ切っていないのだ。もったいない。

だが、堂々と食べる姿を見られるわけにはいかない。

魔物を喰らう、というところは隠したほうがいいだろう。

最初は微妙《びみよう》なスキルだと思っていたが、《星口》があってよかった。まさか手で食べているとは思うまい。もしかしたら、手で吸収していると思われるかもしれないが……食べるよりマシだ。

「よし、この調子でいこう」

案外、フェルシーとの攻略《こうりやく》を楽しんでいる俺がいた。

まあ、今も俺への殺気マシマシなんだけども。

そのあと、十体ほど魔物を倒した。

フェルシーとともにダンジョンを進んでいるうちに、三体の魔物のスキルレベルは最大になった。大きな変化はないが、動きやすさが多少増した気がする。

最奥《さいおう》付近まで辿り着いた時、フェルシーが俺を見てなにか合図した。

彼女が指さすのは、水中の洞窟《どうくつ》だ。

事前に集めた情報通り……ボスエリアだな。

俺はこくりと頷いて、先に洞窟に入る。

暗い洞窟を進むと、途中《とちゆう》から上に上がるようになっていた。頭上の太陽光を目印に、まっすぐ浮《ふ》上《じよう》する。

ここ、泳げなかったらどうやってくるんだろう……。

やがて水面が見えてきた。

『ボスエリアです。ボス戦を行いますか？』

「はい」

『ご武運を』

旅神の激励《げきれい》を聞きながら、水面から顔を出した。

空気がある。洞窟の中に、こんな場所があったんだな。

「泳ぐの上手だね、エッセン様。まるで魔物みたい」

「だろ。人間にしては上手《うま》いんだ」

空気があるので、フェルシーとも普通に話せる。

そして、二人で洞窟の奥に視線を向けた。

現れたのは……。

「ウルルルゥウウ」

レイクサラマンダー。

ウーパールーパーの魔物だった。

足首まで浸《つ》かる程度に水のある、光の差し込む洞窟。

奥から這《は》うように現れたのは、桃色《ももいろ》の巨大《きょだい》な魔物だった。

トカゲのような見た目に、カエルのような湿《しめ》った皮膚《ひふ》。顔は丸く、六本の棘《とげ》のようなものが生えていた。口は人間など簡単に丸呑《まるの》みできそうなほど大きい。

レイクサラマンダー……《静謐の淡湖》のボスである。

「これがＤランクダンジョンのボスか……」

ボスの強さは、だいたい二ランク上の魔物と同等とされている。

つまり、Bランクダンジョン……上級クラスの強さということだ。

ボスについては、名前くらいしか情報が集まらなかった。

中級にもなると、ボスへ挑戦《ちょうせん》する人が激減するからだ。そもそも情報を持っている人が少ない。

聞いたのは、一つだけ。

あれは中級が挑《いど》む魔物じゃない――。

「どうしたの？　この程度のボスでびびってるんだ」

「そりゃお前からしたら大した魔物じゃないかもな」

「そうだよ。手伝わないけどね」

「……じゃあなんで連れてきたんだよ」

中級になったばかりの俺が挑むには、時期尚早《じきしょうそう》かもしれない。

実際、まだ挑むつもりはなかった。

フェルシーに促《うなが》されてここまで来てしまったが、ボスエリアに入った以上、戦うしかない。

「これも見極《みきわ》めの一環《いっかん》だよ。エッセン様が敵かどうか、ね」

「ボスと戦って、どうやって見極めるんだ？」

「さあね。もしくは、そのまま食べられちゃってもいいけど」

「あわよくば死んでくれってことか……？」

こいつ、やっぱ信用できないな。

旅神教会に逆らわないように、というのは冒険者にとって常識だ。彼《かれ》らに目を付けられた冒険者は、まず無事では済まない。よくて庇護《ひご》下からの追放、悪ければ死刑《しけい》だ。特に迷宮都市においては、それだけの権力がある。

今さら逃《に》げられないけど……なんとか疑いを晴らさないとな。

俺に、こんなところで立ち止まっている暇はないんだ。

ギフトは変えられない。だから、俺が正しく冒険者であり、魔物の仲間なんかじゃないことを証明する必要がある。

「考え事なんてしてる余裕《よゆう》あるの？」

フェルシーの声に、ぱっと顔を上げる。

「ウルルルルゥウウウ」

ちょうどレイクサラマンダーが甲高《かんだか》い声を上げながら、突進してくるところだった。

短い足を懸命《けんめい》に動かして、洞窟の中央を走っている。しかし、動きはそこまで早くない。

「《健脚《けんきやく》》《刃尾》《鋭爪》」

冷静に、まずは使い慣れたスキルを発動する。

足元に水はあるが、水位は低い。若干《じやつかん》動きにくいが、《叢雨《むらさめ》の湿原《しつげん》》ほどじゃないので、気を付けていれば戦闘に問題はないだろう。

俺目掛《めが》けて一直線でくるレイクサラマンダーの突撃《とつげき》を、《健脚》で右に跳《と》ぶことで軽くかわす。すれ違《ちが》い様に、《刃尾》の先で切りつけた。

尻尾から、ゴムを切り裂いたような感覚が伝わってくる。

「え、こんな遅《おそ》いのか……？　なんか拍子《ひようし》抜《ぬ》けだ」

回避《かいひ》した俺の横を通り過ぎていった後、ゆっくりと停止した。そして戦闘中とは思えないほどのっそりとした動きで振り返った。

おかしい。遅すぎるし、今のところ身体が大きいこと以外に脅威《きょうい》を感じない。

Eランクのボスであれば、石化の光線を飛ばしたり、空を駆《か》けたり、衝撃波《しょうげきは》を放ってきたり……それぞれ特殊能力がある上に、身体能力も高かった。

単純な戦闘力だけ比べても、レイクサラマンダーはEランクダンジョンのボスにすら劣《おと》っているように感じる。

「いや、油断するのはまだ早い。……次はこっちからだ」

あの速度なら、攻撃をもらう可能性は低そうだ。

だが、ボスがこの程度なはずがない。小手調べとして、今度はこちらから攻撃する。

「ウルル」

「はっ！」

カウンターにも対応できるよう慎重に距離《きょり》を詰《つ》めながら、《鋭爪》で側面から切りかかる。

レイクサラマンダーは避けようという素振《そぶ》りもなく、俺の爪を胴体《どうたい》に受けた。防御力《ぼうぎょりょく》があるのかと思えばそんなこともなく、爪はあっさりと皮膚を裂いた。

「なんでこんなに弱――あ？」

さっきとは違い、攻撃後も近くにいたから気が付いた。

《鋭爪》がつけた深い傷が……綺麗《きれい》に再生したのだ。攻撃してから、一秒も経っていない。

「再生能力か！」

　この調子だと、《刃尾》の傷もとっくに塞《ふさ》がっているだろう。

「ウルル？」

　まるで効いていないのか、レイクサラマンダーは呑気《のんき》な顔でこちらを見つめた。

　そのまま、大口を開けて食らいついてきた。

「爪がダメなら……《大鋏》」

　リーチがなく挟《はさ》むという不便な攻撃方法だが、最も威力が高いスキルだ。

　今までに切断できなかった魔物は、ヴォルケーノドラゴンしかいない。

「遅い！」

　レイクサラマンダーの口を右に避けて、《大鋏》を向ける。そのままの勢いで、前足の付け根を切断した。完全に切り離《はな》された足が地面に転がる。

「ウル～」

　足を一本失ったレイクサラマンダーの動きが、さらに鈍《にぶ》くなった。

「さすがに切断すれば……」

　そう思ったのも束《つか》の間。

　断面から肉が盛り上がってきたかと思うと、わずか一秒ほどで足が生えてきた。完全に元通りで、すでにスムーズに動いている。

「ウル」

　レイクサラマンダーは感覚を確かめるように足を動かすと、また突進してきた。

　決して強くはない。

だが……。

「負けないけど、勝てない」

俺は《大鋏》を解《と》きながら、下唇《したくちびる》を噛《か》んだ。

切断してもすぐに再生してしまう。なるほど、Dランクのボスに相応《ふさわ》しい能力だ。

どれだけ攻撃しても倒せないなら、動きが遅くても、相手が疲弊《ひへい》したところに食べればいい。そういう魔物なのだろう。

「再生できなくなるまで攻撃するしかないか？」

果たして、再生に限度はあるのだろうか。

これが普通の生物なら、再生にはなにかしらのエネルギーを使っているはずだ。だが、魔物にそんな常識は通じない。もしかしたら、永遠に再生し続けられる可能性もある。

「試《ため》してみるしかないな」

長期戦になりそうだ。

「やれることは全部試してみるか」

再生に限界はあるのか？

短時間でいくつも傷をつけた場合は？

首を切断しても再生するのか？

まだ試していないことはたくさんある。

「フェルシーに戦う気はないようだし……」

ちらっと、フェルシーを見る。

視線に気づいた彼女は、結界で作った透明の長椅子《ながいす》に寝転《ねころ》がったままひらひらと手を振った。結界は自分を囲うように展開するのみで、手伝う気はなさそうだ。

ずいぶんと余裕な様子だ。いや、実際余裕なのだろう。

「まあ、いいか。このタイプのボスなら、一人でも勝機はある」

幸い、即座《そくざ》に負けることはなさそうだし。

あとは再生力を超《こ》える攻撃力《こうげきりょく》を叩《たた》き出せるかどうか。それに全《すべ》てかかっている。

「頭も再生できるのか？」

《大鋏》で首を狙う。

なんの抵抗《ていこう》もなく、鋏は閉じられた。

さすがに太い首を完全に切断することはできなかったが、半分ほどぱっくりと開いた。これが普通の動物なら、首の骨まで切れているだろう。

だが……。

「あっさり治るのな……」

「ウル」

だが、足よりも再生が遅そうだ。

何事もなかったかのように、レイクサラマンダーが突進してくる。

「《空砲《くうほう》》」

数歩ほどバックステップ。リーフシュリンプの鋏を右腕《みぎうで》に纏《まと》いながら、レイクサラマンダーに向ける。

そして、顔面に空気の衝撃波を放った。

「ウル……」

一瞬、レイクサラマンダーの動きが鈍る。若干、気絶したかのように白目をむいた。

しかし、次の瞬間には気にせず動きだしていた。

「次だ。《鋭爪》」

慌《あわ》てず、鋏を爪に戻す。

今度は手数で勝負だ。

レイクサラマンダーの周囲を《健脚》で素早《すばや》く駆け回りながら、無数に傷つける。

「よし、よく動けてる」

身体が軽い。

レイクサラマンダーの遅い攻撃なんて、当たる気がしない。

《大鋏》は威力こそ高いが、小回りが利《き》かない。スピード重視なら、爪のほうがいい。

「再生が追いつかないくらい攻撃してやる」

誰も倒せない魔物というわけじゃないんだ。必ず、限界はあるはず。

《刃尾》で切る。治る。

《鋭爪》で切る。治る。

すぐに塞がっていく傷を尻目《しりめ》に、ひたすら切り続けた。

次第《しだい》に、俺の動きも最適化されていく。最小限の動きで、より深い傷を、より多く。

わずかな差だが、傷が深ければ深いほど治るのに時間がかかる。傷が多くても同様だ。

しかし、まだ限界は訪《おとず》れない。

「《邪眼《じゃがん》》《毒牙《どくが》》」

こうなれば総力戦だ。

頭を石化させ、ダメ押《お》しで毒を流し込む。

それでも、レイクサラマンダーを倒すには至らなかった。

「なるほど……」

少し離れて、一息つく。

どれだけ戦っただろうか。ひたすら攻撃し続け、百を超える傷を与《あた》えたというのに……レイクサラマンダーは傷一つない元気な姿だ。

中級冒険者が挑む魔物じゃない。そう言われた理由がよくわかった。

単純に火力が足りない。

中途半端《ちゅうとはんぱ》な攻撃ではすぐに再生されてしまう。なるほど、これは今までにない強さだ。

仮に複数人のパーティだったとしても、この速度で回復してしまうなら相当上手く連携《れんけい》しないと無意味だ。

「キースだったら余裕だったかもな」

あいつ、火力だけはあるし。

「……キースに負けてると思うと悔《くや》しいな」

どれだけ続ければ勝てるだろうか。

いや、闇雲《やみくも》に続けても仕方がない。限界が本当にあるのかもわからないんだから。

「でも、他にスキルは……」

今まで頼《たよ》ってきた多種多様な攻撃スキル。それらを工夫《くふう》して使い、魔物を撃破してきた。

しかし、そのどれもが通じない。

他には移動や防御のスキルしか……。

「いや、一つだけあったな」

「ウルルルゥウウ！」

再び、レイクサラマンダーが突進してきた。相変わらず遅いままだが、最初からまったく衰《おとろ》えていない。

対して、こちらは疲弊している。

このまま倒せなければ、喰われるのは時間の問題かもしれない。

「ぶっつけ本番だが、やるしかないな」

ぐっと腰《こし》を落とし、レイクサラマンダーを迎《むか》え撃《う》つ。

「ウルルゥウウ！」

「右腕に《鱗甲《りんこう》》それと……《レイクエレクトリカスの雷掌《らいしょう》》」

今日手に入れたばかりのスキルだ。

すぐにフェルシーと会ったので、試す暇もなかった。

だが、俺の予想が正しければ、電撃のスキルだ。

バチッ、と、俺の右腕に電気が走る。

事前に《鱗甲》を右腕だけに纏ったおかげで、俺にダメージはない。

「これならどうだ！」

レイクサラマンダーの突進に合わせて、右手を突《つ》き出した。

手のひらの硬《かた》い部分で、レイクサラマンダーの頭を殴《なぐ》りつける。

「ウルゥ……」

びくんとレイクサラマンダーの身体が痙攣《けいれん》して、動きが止まった。

「まだだ！」

そのまま、電撃を流し続ける。

指先が痺《しび》れ、少し痛い。あまり長時間は使えなそうだな……。

《鱗甲》も、今の俺では負担が大きい。長期戦は不可能だ。

だから、ここで決める。

「《星口》」

《雷掌》を使いながら、同じ手に《星口》も発動する。手のひらに現れた口が、レイクサラマンダーの頭を貪《むさぼ》る。

『スキル《レイクサラマンダーの四肢《しし》》を取得しました』

よし、こっそりスキルもゲットだ。

《星口》が空けた穴から、腕をどんどん深くまで刺《さ》していく。

電撃を流し続けているから、レイクサラマンダーは動かない。再生した側から、常に攻撃を浴びせる。

体内を《星口》で喰らい、電撃で焼く。

しばらく続けていると……。

『ボスが討伐《とうばつ》されました』

『初攻略報酬《ほうしゅう》として《マジックボトル》を取得しました』

旅神の声が脳内に響《ひび》いた。

「よしっ！」

思わずガッツポーズ。

これまでで一番時間がかかったな……。

「終わったぞ」

フェルシーに声をかける。

戦闘に夢中で忘れていたが、俺今監視されてるんだよな……？　がっつりスキルを使ってしまった。まあ、今さらか。

「これで認めてもらえたか？」

「うん。エッセン様は立派な魔物だね。認める」

「人間だと認めてくれよ……」

フェルシーが結界を解除して、欠伸《あくび》をしながら歩いてきた。

「そうだ、これ。報酬のマジックボトルは、冒険者じゃないともらえないだろ？」

マジックバッグと同じで、ボス攻略者しか使えないアイテムだろう。

一見すると、普通の革製の水筒《すいとう》だ。しかし、驚《おどろ》くほど軽い。

蓋《ふた》を開けてみると、中は空だった。

　まさか報酬がただの水筒なわけがない……。試しに傾《かたむ》けてみると、空だったはずなのに水が流れてきた。

「これでダンジョンでも水に困ることはないな。ほら、これが冒険者の証《あか》しだよ」

「ふーん」

「こんな便利なもの、全員にくれたらいいのにな」

「旅神の力だって無限じゃないんだから、将来性のない冒険者にまで配るわけじゃないじゃん。なに、もしかして旅神の否定？　処刑《しょけい》するよ」

「そりゃそうか」

　口癖《くちぐせ》のように処刑するとか言うなよ、怖《こわ》いな……。

「じゃあ、一緒に迷宮都市に帰ろ。エッセン様」

「監視終わりじゃないのか？」

「まさか」

　スキルは取り終えたしボスも攻略したので《淡湖》に残る理由はないが……まだフェルシーと一緒にいなきゃいけないのかと思うと、気が滅入《めい》るな。

　仕方なくともにダンジョンを出て、ユアのところで食事を摂《と》った。

　宿で一泊《ぱく》してから、帰りの馬車に乗る予定だ。

　ちなみに、さすがに部屋は別にしてもらった。いつ殺されるかわからないのに眠《ねむ》れるわけがない。

三章　氾濫《はんらん》

「おはよう。よく逃《に》げなかったね」

「逃げたらなにされるかわからないからな……。あんたこそ、先に帰っていてもよかったのに」

「エッセン様が死んでくれたら帰るよ」

こいつの処刑《しよけい》宣言にも慣れてきたな。

宿では、隣《となり》の部屋でフェルシーが聞き耳を立てているのだと思うと、安心して眠《ねむ》ることもできなかった。

おかげで寝不足《ねぶそく》だ。

「さっさと帰るか」

「うん。断頭台が待ってるもんね」

「もう何も言うまい」

ニコニコと笑いながら、フェルシーが恐《おそ》ろしいことを言う。ちなみに、目は一切《いっさい》笑っていない。

行きと同じように、迷宮《めいきゅう》都市までは馬車がある。

今回の馬車はやや大きく、いくつかの宿場町を回ってから帰るらしい。

「馬車ぁ、出発しまぁす」

御者《ぎょしゃ》の気の抜《ぬ》けるような声とともに、馬車が動き出した。

《静謐《せいひつ》の淡湖《たんこ》》から乗るのは俺《おれ》たち二人だけのようだ。

こうなると暇《ひま》である。

迷宮都市までは半日以上かかるので、なにもすることがない。フェルシーとは雑談をするような間柄《あいだがら》でもないし。

「……なんでそんな近くに座《すわ》るんだ？」

ふと、気になっていたことを口に出した。

密着しているというほどではないが、肩《かた》や膝《ひざ》が当たる程度には近い。馬車はそれなりにスペースが空いているのに、謎《なぞ》だ。

「この距離《きょり》なら、いつでも殺せるからだよ」

「物騒《ぶっそう》だな……。俺の攻撃《こうげき》も届きそうだけど」

「やってみる？」

「……やめとく」

攻守ともに隙《すき》の無い、彼女《かのじょ》の結界術。

破れる気がしない。まあ、破る必要もないんだけど。

「そもそも、そんなに監視《かんし》する必要あるのか……？　いやたしかに、俺のギフトが怪《あや》しいのはわかるけど」

「エッセン様は、ヴォルケーノドラゴンが偶然《ぐうぜん》下級地区に飛んできたとでも思っているの？」

「いや、あれはウェルネスの部下が、変な玉を使って……」

言いかけて、気が付いた。

「まさか、あれの出どころがわかってないのか？」

「そうだよ。ううん、ちょっと違《ちが》うかも。出どころはわかってる。でも、その正体は不明」

迂遠《うえん》な言い方だ。

フェルシーは怒《いか》りを堪《たた》えたような笑《え》みで続ける。

「魔神《まじん》教会」

「……なんだ、それ」

「魔神を信仰《しんこう》して、魔物こそ支配者に相応《ふさわ》しいと考える奴《やつ》らだよ。昔から歴史の裏にいて、旅神教会とずっと争ってる。でも、未《いま》だ明確に姿を捉《とら》えたことはないんだ。だから、正体不明」

魔神。それは、神話の時代にいたとされる、魔物たちの創造主。

神々によって討伐《とうばつ》され、旅神によって魔物と一緒《いっしょ》に封印《ふういん》されている……。しかし、ダンジョン内の魔物が定期的に増えることからわかるように、その力はまだ残っているという。

ここまで、おとぎ話だ。現にダンジョンはあるが、神話が本当かなんて誰《だれ》にもわからない。

「ヴォルケーノドラゴンは、魔神教会の仕業《しわざ》だって言うのか？」

「うん、そう睨《にら》んでいる。そして、あなたが魔神教会の手掛《てが》かりだとも、ね」

なぜ上級神官がわざわざ俺の監視をするのかと思っていたが……そんな敵がいたとは。

本来ダンジョンを出られないはずのヴォルケーノドラゴンが街で暴れる事件があったことで、魔神教会の関与《かんよ》を疑ったのだという。

さらに、その場にいてなおかつ魔物を宿す俺に、疑いの目が向いた、と。

「待ってくれ。それなら、ウェルネスはなにか知らなかったのか？　元はと言えば、あいつがヴォルケーノドラゴンを連れてきたんだろ」

「残念ながら、彼《かれ》はただ利用されただけだったよ」

「そうなのか……」

ウェルネスが知らないのなら、俺が知っているはずがない。

フェルシーがこくりと頷《うなず》いて、そのまま俯《うつむ》く。

元から悪い顔色が、さらに青白くなった。

「魔神教会は許してはいけないの。旅神の敵は滅《ほろ》ぼさないと……。それだけがボクの……」

少し、彼女の指が震《ふる》えている。

どうした、と聞こうとした時、御者の声が響《ひび》いた。

驚《おどろ》いて、御者のほうを向く。

「馬車ぁ、停《と》まりまぁす」

経由地に到着《とうちゃく》したようだ。

フェルシーに視線を戻《もど》した時、彼女は飄々《ひょうひょう》とした表情に戻っていた。「うん？」と俺に小首を傾《かし》げる。

「いや、なんでも」

気のせいか？

いや、俺がフェルシーを気にする理由なんてないんだけど。

再び、沈黙《ちんもく》が訪《おとず》れる。

馬車の外で御者が誰かと話す声がする。よく聞こえないが、誰か乗ってくるらしい。

助かる。フェルシーと二人はしんどかったところだ。

少し待っていると、馬車に上がってきたのはよく知った顔だった。

「えっ、エッセン？」

「おお、ポラリスか。偶然だな」

「ええ。そうね」

冒険者《ぼうけんしゃ》ランキング9位。十傑《じっけつ》の一人に名を連ねる、【氷姫《ひょうき》】ポラリスだ。

俺の幼馴染《おさななじみ》であり、目標でもある。

ポラリスは動きやすさ重視のぴっちりとした白い服を身につけ、腰《こし》にはレイピアを携《たずさ》えていた。いつもの装備だ。

白銀の髪《かみ》は比喩《ひゆ》でなくキラキラと輝《かがや》いていて、よくみると周囲を氷の結晶《けっしょう》が舞《ま》っている。

「この馬車……そう。さっそく、中級ダンジョンに行ったのね」

俺がどこからの帰り道なのか察したのか、ポラリスが少しだけ微笑《ほほえ》む。

ポラリスの前で中級を威張《いば》るのは恥《は》ずかしいので、軽く頷くだけに留《とど》めた。

すぐ追いつく。そんな気持ちを込《こ》めて。

「馬車ぁ、出発しまぁす」

他に客はいなかったのか、ポラリスが乗ってすぐに馬車が動き出した。

「ところで」

ポラリスの視線が、隣にいるフェルシーに向く。

彼女の全身から、冷気が噴《ふ》き出して煙《けむり》のように白く漂《ただよ》った。

「神官がエッセンに何の用？　返答次第では容赦《ようしゃ》しないけれど」

「あはっ。エッセン様と交友があるあなたも、もちろん容疑者だよ。ポラリス様」

対抗《たいこう》するように、フェルシーも結界の鞭《むち》を触手《しょくしゅ》のようにうねらせた。

あの、ここ馬車の中なので大人しくしてもらえませんかね……。

がたがたと揺《ゆ》れながら走る馬車。順調に進んでいるけど、中の空気が重い。

ポラリスは腕《うで》を組んで怖《こわ》い顔をしているし、対面に座るフェルシーは不気味な笑みで見返している。

俺はというと、二人に挟《はさ》まれるように中央で縮こまっていた。非常に肩身《かたみ》が狭《せま》い。

「エッセンから手を引きなさい。あなたの出る幕ではないわ」

「ボクは神官長の命令で動いているからね。言ってしまえば、旅神教会の総意だよ。迷宮都市を脅《おびや》かす可能性のある《魔物の男》……エッセン様を常に監視する、っていうね」

「エッセンは人に仇《あだ》なすようなことはしない」

「それはポラリス様が判断することではないよ」

まさに一触即発《いっしょくそくはつ》。

いつ殺し合いを始めてもおかしくない雰囲気《ふんいき》だ。

張りつめる緊張感《きんちょうかん》に、冷や汗《あせ》が止まらない。

殺意を滾《たぎ》らせて睨み合う二人は、ともに上級だ。

もし本気で戦い始めたら、この馬車くらい簡単に吹《ふ》っ飛ぶだろう。

「馬車の中で暴れないでくれよ……？」

つい、口を挟んでしまう。

二人の視線が、同時にこちらに向いた。思わず身がすくむ。

「あら、暴れたりしないわよ。ただ仲良くお話ししているだけだもの」

「そうだよ。旅神教会に逆らうなんて馬鹿《ばか》なこと、ポラリス様がするわけないしね。そんなことしたら、処刑しちゃうもん」

「一介《いっかい》の神官が、私を裁けるとでも思っているの？　この状況《じょうきょう》で冒険者の戦力を減らすなんて無能ね」

仲良くお話……？

俺には戦争中にしか見えないんですが。

ポラリスとフェルシーの相性《あいしょう》は最悪だ。

ポラリスに偶然会えたのは嬉《うれ》しいが、フェルシーが一緒にいる時に会いたくはなかったな……。

それに、またポラリスに迷惑《めいわく》をかけてしまった。俺が疑われたことで、ポラリスにまで累《るい》が及《およ》ぶなんて。

ウェルネスの時だって、俺を守るためにポラリスは一時言いなりになっていたというのに。

「はぁ。まあ、教会の言い分もわかるわよ」

ポラリスがそう言いながら、肩の力を抜いた。それを合図に、空気が弛緩《しかん》する。

「意外と理解あるんだね？」

「色々と情報は入ってくるわよ。私としても、魔神教会の脅威《きょうい》は無視できない。上級冒険者の責務としてもね」

「ふーん？」

魔神教会の脅威。

魔物を街に解《と》き放つことができる奴らがいるなら、迷宮都市にとって……いや、世界の人々にとって脅威に外ならない。

それは、ダンジョンによって保たれていた平穏《へいおん》が崩《くず》れることを意味する。

魔物は、非常に強力だ。

一般人《いっぱんじん》では、フォレストウルフにすら勝つことは難しい。単純な生物としての膂力《りょりょく》が違いすぎる。

旅神のギフトを持って、初めて対抗することができるのだ。

しかし、街には冒険者以外の人もたくさん暮らしている。

技神のギフトを受けた職人たち。財神の商人に、豊神の農家……。他の神のギフトは、それぞれの職業に特化しており戦闘《せんとう》には不向きだ。

もし魔物が街に溢《あふ》れたら……彼らは逃げ惑《まど》うしかない。

全員が改宗したら、今度は産業が滞《とどこお》る。

「魔神教会……絶対止めないと」

「じゃあ死んで？」

「なんでだよ……」

まだ疑いは晴れていないらしい。

「旅神教会には最大限協力するわよ。でも……」

再び、ポラリスの視線が鋭《するど》くなる。

「エッセンに危害を加えたら、教会ごと滅ぼすから」

「やってみる？」

臨戦態勢に入った二人が、若干腰《じゃっかんこし》を浮《う》かせた。

その時……。

「馬車ぁ、急停止しまぁあす!!」

御者の叫《さけ》び声が響いた。

しかし、馬車は急には停まらない。御者のスキルなのか急ブレーキがかかったが、慣性が残っている。

「《結界網《もう》》」

「《アイスバーン》」

「《健脚《けんきゃく》》《天駆《てんく》》《銀翼《ぎんよく》》」

同時にスキルを発動する。

俺は二人を両腕《りょううで》に抱《かか》えて、馬車の後ろから外に飛び出した。

宙を駆《か》けながら、馬車を横目に見る。

馬車の車輪は地面から生えた氷によって固定され、完全に停止されていた。

御者と馬は、結界で作られた網《あみ》によってキャッチされ、ケガはない。

「すごいな……」

馬車の中からは外なんて見えないのに、恐ろしい判断力と精密性だ。

俺は中の二人を助けるので精一杯《せいいっぱい》だった。

「考えてみれば、そもそも助ける必要なんてなかったか？」

《銀翼》で落下速度を落としながら、そう呟《つぶや》く。

二人とも、俺が助けなくても勝手に対応した気がする……。

地面に降り立ち、二人を下ろした。

「ありがとう。さすがね」

「飛べる人間なんていないよね？　やっぱ魔物だ」

この程度で褒《ほ》められても恥ずかしいだけだな……。

フェルシーは無視。ていうか、飛べるスキルはあるだろ。

そんなことより、なぜ馬車が停まったのか……。

「あれは……ッ」

その答えは、すぐにわかった。

「魔物です！」

結界網の中で、御者が叫んだ。

「氾濫がぁ、起きましたぁ‼」

馬車の進行方向……。

ダンジョン外のはずの街道《かいどう》に、大量の魔物が闊歩《かっぽ》していた。

氾濫……それは魔物の増加によってダンジョンの結界が破られ、魔物が外に解き放たれてしまう
《災害》だ。

過去、氾濫によっていくつもの街や国が滅ぼされてきた。

それを防ぐために冒険者がダンジョンに入り、魔物を討伐している。

だが、氾濫が起きたということは討伐が間に合わなかったということだ。

「あり得ない」

ポラリスが魔物の群れに目を走らせる。

「サバンナライアン、サバンナライノ、サバンナエレファント……彼らがいる《無窮《むきゅう》の原野》は、氾濫なんてするはずない」

「うん、結構人気ダンジョンだもんね。迷宮都市からも遠くないいし」

《無窮の原野》……たしか、Cランクダンジョンだった気がするが、それ以上の情報は知らない。

魔物の群れは、ライオン、サイ、ゾウの三種で構成されている。数はざっと見えるだけでも五十体は下らない。ぞろぞろと列をなしていて、最後尾《さいこうび》は見えない。

しかも一体一体が、中級の中でも上位に位置する魔物だ。

「どこに向かって……まさか」

群れは俺たちには目もくれず、一心不乱に走っている。

その方向は、まさしく馬車の進行方向と同じ。つまり……。

「迷宮都市かッ！」

あの数の魔物が迷宮都市に押《お》し寄せたら……被害《ひがい》は想像を絶するものになるだろう。

迷宮都市には冒険者が大勢いるはずだが、楽観視はできない。

「止めるぞ」

「当然よ」

「全員処刑してあげる」

ポラリスとフェルシーが臨戦態勢に入る。

「君はそこで大人しくしててね。馬が落ち着くまで時間かかりそうだし。《多重結界》」

フェルシーはそう言って、手を御者のほうに向けた。

彼と恐慌《きょうこう》状態の馬を守るように、幾重《いくえ》もの結界を展開する。

頷き合ってから、魔物に向かって三人で駆けだす。

幸い、まだ氾濫が起きたばかりなのか、最前列は目の前だ。

「《健脚》《刃尾《じんび》》《鋭爪《えいそう》》」

使い勝手のいいスキルを三つ発動する。

魔物の群れまでは少し距離がある。全力で地面を蹴《け》った。

しかし《健脚》を使ってもなお、一番足が速いのはポラリスだった。

「震えなさい。そして絶望なさい。今からここに――冬が来るわ」

先んじたポラリスがレイピアを抜き放ちながら、魔力を滾らせる。

魔法系と剣士《けんし》系の複合ギフト《銀世界》……その、真骨頂。

「《冬将軍》」

ポラリスがレイピアを高く掲《かか》げた。

異変はすぐに訪れた。

魔物たちの群れを包み込むように、白い煙のような冷気が舞い降りた。

地面には霜《しも》が降り、空からは雪がぱらぱらと降り注ぐ。

「あなたたちの世界にはない寒さでしょう？　もう二度と、春を迎《むか》えることはないわよ」

《冬将軍》に掴《つか》まること。それはすなわち、死を意味する。

それだけで魔物を倒《たお》すような魔法ではない。身体《からだ》の体温を奪《うば》い、ゆっくりと身体を蝕《むしば》む。そして、この範囲《はんい》内において、ポラリスの身体能力が上昇《じょうしょう》する。

ポラリスは動きを止めた魔物の群れに飛び込み、次々とレイピアで屠《ほふ》り始めた。

【氷姫】の名に相応しい、惚《ほ》れ惚《ぼ》れするほど美しい乱舞《らんぶ》だ。

思わず、足を止めて見てしまう。

だが敵にとっては、氷よりも冷たい残虐者《ざんぎゃくしゃ》だろう。

「君たちが向かうべきとこはそっちじゃないよ」

背後から、フェルシーの声がした。

「《迷宮結界》」

彼女が手のひらを向けたのは、ポラリスが戦っている魔物とは別の一団。群れの後方にいる、《冬将軍》を逃《のが》れた魔物たちだ。

巨大《きょだい》な結界が、群れを囲うように展開される。ただし、ただ閉じ込めるだけではない。それでは、破られるのも時間の問題だ。

だが、結界に囚《とら》われた魔物たちは、それぞれ違う方向に進み始めた。迷宮都市を目指していたはずなのに。

「この結界の中ではね、死ぬまで迷い続けることになるんだ。処刑よりも恐ろしいでしょ？」

嗜虐《しぎゃく》的な笑みを浮かべて、フェルシーが言った。

大量の魔物を閉じ込め、外に出さない。

まるで旅神の結界のような能力だ。いや、まさしく旅神の権能の一部を振《ふ》るうことができる、規格外のギフト。

……これが上級神官の実力か。

フェルシーはポラリスと同じように、足止めした魔物を個別に倒しだした。

討伐よりもより多くの魔物を足止めすることを選ぶ判断力と、それを可能にする能力。

「二人とも強い……っ」

どちらも、俺にはないものだ。そんな大規模なスキル、俺には使えない。

「俺の仕事は遊撃だな」

実力差を嘆《なげ》いても仕方がない。

悔《くや》しい気持ちは今は胸に仕舞《しま》って、俺にできることをしよう。

二人はほとんどの魔物を閉じ込めたが、どちらも逃れた魔物はまだまだいる。

それに、ダンジョンの方向からは、新たな群れの影《かげ》も見える。

「まずはお前だ。……サバンナライアン」

「ガウウウ」

「要は、猫《ねこ》だろ？　フォレストキャットとどっちが美味《うま》いかな」

身体はフォレストキャットよりも一回り大きいようだけど……。

ついでに牙《きば》も爪もタテガミも、物凄《ものすご》い威圧感《いあつかん》だ。

だが……。

「止まっている暇はないんだよ」

俺の身の丈《たけ》を超《こ》える巨大なライオンに、一歩踏《ふ》み出した。

近くで見ると、《無窮の原野》の魔物たちは非常に大きかった。

戦ったことのないCランクダンジョンの魔物。その一体一体が、下級ダンジョンのボスクラス。

本来なら、いくつかDランクダンジョンを攻略《こうりゃく》してから戦う予定だった。

「いつか倒すんだ。少し早まっただけだな」

そう強がって、自分を鼓舞《こぶ》する。

「ガゥウウ！」

サバンナライアンが身を屈《かが》める。

俺も《健脚》に力を入れ、地面を蹴った。

《鋭爪》で胴体《どうたい》を狙《ねら》う。

しかし、素早《すばや》くステップしたサバンナライアンに避《さ》けられてしまった。

「……っ⁉　速い！」

「ガウ」

カウンター、とばかりにサバンナライアンが爪を突《つ》き出してくる。フォレストキャットよりも厚く、強固な爪だ。

まともに受ければタダでは済まないだろう。

「くっ」

身を翻《ひるがえ》して、なんとか避ける。

しかし、俺には反撃する余裕《よゆう》なんてなかった。カウンターを狙う場合、攻撃態勢に入りながら回《かい》避《ひ》する必要がある。だが、避けるので精一杯だ。

「ガウ、ガウ」

サバンナライアンの猛攻《もうこう》は止まらない。

岩をも削《けず》る爪、鎧《よろい》をも貫《つらぬ》く牙、地面をも砕《くだ》く足。それらが、強靭《きょうじん》な肉体によって猛《もう》スピードで迫《せま》ってくる。

《健脚》を全力で使った俺よりも、さらに速い。

純粋《じゅんすい》な速度で勝てない相手は初めてだ。

今までの俺の戦術は、ひたすら回避しながら攻略法《こうりゃくほう》を探《さぐ》ることだった。ヴォルケーノドラゴンすら、その方法で戦っていたというのに。

サバンナライアンは、特別な攻撃はしてこない。

しかし、全《すべ》てが高水準。

「どっちが速いか勝負だな」

どの道、俺は速度で勝負するしかない。

いや、一部の防御《ぼうぎょ》に秀《ひい》でた冒険者以外は、避けながら一方的に攻撃を与《あた》えるのが一般《いっぱん》的だ。

単純な身体能力だけで言えば、人間より魔物のほうが圧倒《あっとう》的に強いのだから。

それこそ神話の時代に、魔物が人間よりも優位に立っていたくらいに。

「避けるのは限界だな……！　《銀翼》《天駆》」

足で敵《かな》わないなら、空に逃げるまでだ。

《健脚》で跳躍《ちようやく》し、《天駆》でさらに飛び上がった。

「ガゥウウ」

上空へ飛んだ俺を、サバンナライアンが睨みつける。

「ここまで来られないだろ」

まあ俺も、ずっと飛び続けることはできないのだが。

避け切れなくなったら空に逃げればいい、というだけでひとまず安心だ。

そう思った矢先。

「ガウ！」

「ジャンプしてくんのかよ」

やっぱ猫じゃねえか！

まっすぐ跳躍してきたサバンナライアンの爪が、俺に迫る。

「けど、迂闊《うかつ》だったな。《鳥脚《とりあし》》」

驚愕《きようがく》のジャンプ力だが、空中では自慢《じまん》の足も使えず、自由に動けまい。

素早く靴《くつ》を脱《ぬ》ぎ捨て、スキルを発動する。

滅多《めつた》に使わない、《バレーイーグルの鳥脚》だ。両足を強靭な鷹《たか》の脚に変化させる。

《銀翼》で軽く羽ばたき、爪を回避する。そしてサバンナライアンの背中側に回り、首と胴体を両脚でがっちりと掴んだ。

「ガウ!?」

「離《はな》さねえよ」

背後は攻撃できないのか、サバンナライアンは空中でもがくのみだ。

俺は《鳥脚》の三本の指に力を入れ、サバンナライアンの首を締《し》めあげる。

重さで高度が落ち始めるが、落下まではあと数秒。これだけ時間があれば十分だ。

「《大鋏《おおはさみ》》」

左腕を下に向け、鋏で胴体を挟んだ。

「終わりだ」

速度に秀でた魔物の宿命か、防御力《ぼうぎょりょく》はそれほどではないらしい。

身体が大きいから真っ二つというわけにはいかなかったが、《大鋏》の切断によって致命傷《ちめいしょう》を与えることに成功した。

地面にサバンナライアンを投げ捨て、《鳥脚》を解除しながら着地する。

「まだ命はありそうだな。《大牙《たいが》》《吸血》」

サバンナライアンの下は血だまりができているが、まだ目は死んでいない。だが、睨むばかりで抵抗《ていこう》する力はなさそうだ。

俺は背中側から慎重《しんちょう》に近づいて、首元に牙を突き立てた。

「いただきマス」

口の中に血の味が広がる。

《吸血》の力で、疲労《ひろう》がやや回復した。同時に……。

「《サバンナライアンの咆哮《ほうこう》》を取得しました」

よし、スキルが増えた。

そういえば、《レイクサラマンダーの四肢《しし》》も試《ため》してなかったな……。合わせて、どこかで使ってみよう。

「一体で満足している場合じゃない。次だ」

靴を履《は》いて、次の魔物に狙いを定める。

サバンナライノ……サイの魔物が、ちょうど俺を発見して突進《とっしん》してきた。

「《健脚》」

「ボフッ」

サバンナライアンと戦った後だと、遅《おそ》く見えるな……。

いや、実際スピードは大したことない。

直進だけのようだし、避けるのは簡単だ。

問題なのは、鼻先に生えた太く大きな角だ。それが重量級の突進によって突き出される……受けようものなら即死《そくし》する。

全長はライアンと大差ないが、サバンナライノのほうが明らかに重そうだ。

さっきみたいに空中戦で誤魔化《ごまか》すのは無理そうだな……。

「よっ……と。回避は問題ないな。けど硬《かた》すぎる」

灰色の分厚い皮膚《ひふ》。

試しに《鋭爪》で切りつけてみたが、傷一つつかない。まるで鉄でも引っ掻《か》いたかのような感覚だ。

「とりあえず、新しいスキルでも試してみるか」

スキルの確認《かくにん》は大切だ。手数の多さが、どこで役に立つかわからない。

少し余裕のあるうちに、使っておかないと。

「《レイクサラマンダーの四肢》」

フェルシーの監視のせいで迂闊に使えなかった、ボスのスキル。

満を持して発動したが……なにも起きない。

「あれ？」

手や足を見てみても、なにも変化がない。

「ボフッ」

唖然《あぜん》とする俺に、サバンナライノが突進してきた。

「どうなってるんだ……」

横に跳びながら、首を傾げる。

見た目の変化がないスキルは、他にもある。《吸血》や《天駆》などだ。その類《たぐい》かもしれない。

レイクサラマンダーの能力を引き継《つ》いでいるのであれば再生能力だが……まさか自分で試すわけにもいかない。

「まあ、そのうち調べよう。気を取り直して……」

サバンナライノがUターンして、突進を続ける。

迫りくる角を避けながら、スキルを発動する。

「《サバンナライアンの咆哮》」

　こちらも、目に見えた変化はない。

　しかし、喉《のど》のあたりに強い違和《いわ》感があった。まるで咳《せき》の前触《まえぶ》れのような、なにかが引っ掛《か》かる感覚。

　試しに口を開けて、それを解放してみる。

「ハッ！」

　咳払《せきばら》いのごとく、喉を鳴らした。喉の奥《おく》で、なにかが爆発《ばくはつ》する。

　そして……目の前の空気が歪《ゆが》んだ。

「ボフッ⁉」

　目の前でスキルを受けたサバンナライノが、バランスを崩して転倒《てんとう》した。

　頭でも打ったかのように、よろよろと辛《つら》そうに立ち上がる。歩こうとしても、真っすぐ歩けないようだった。

「これは……《咆哮》」

　次はサバンナライノの耳元で使ってみる。

　前後不覚に陥《おちい》っているようで、接近は容易だった。

「ハッッ！」

　さっきよりも近くで使用したおかげで、効果は劇的だった。

《咆哮》を受けたサバンナライノが、鼻や口から血を噴きだしながら倒れたのだ。

「音の攻撃か！」

　口を開けるだけで使える、不可視の攻撃。

至近距離じゃないと効果は薄《うす》そうだが、かなり便利で強いスキルだな。

「もう虫の息か？　走れないなら脅威じゃないな。《大牙》」

地面に伏《ふ》せて荒《あら》い息を吐《は》くサバンナライノに、牙を突き立てる。

「いただきマス！」

鎧のように硬い皮膚だが、腹の下の柔《やわ》らかいところを狙って噛《か》み千切った。

『《サバンナライノの角兜《つのかぶと》》を取得しました』

よし、新しいスキルだ。

スキルは何度手に入れても嬉しいな。そのために魔物と戦っているまである。

そもそも、スキルを貰《もら》えないならわざわざ食べたりしないし。不味《まず》いから。

……そういえば、喰《く》った魔物に対して美味《おい》しいとか不味いとかいちいち考えなくなってきたな。

「……《角兜》」

人間離《にんげんばな》れしてきたことから目を逸《そ》らすため、新しいスキルを発動する。

今度はわかりやすい。

頭をすっぽりと覆《おお》うように、硬いヘルムが現れたのだ。サイの皮膚のように灰色で、ざらざらとした感触《かんしょく》がある。

普通《ふつう》のヘルムとは違い、額から一本の角が生えていた。攻撃にも使えそうだ。

「おお！　カッコイイな！」

久々に癖《くせ》のないスキルな気がする！

《健脚》や《刃尾》のように、常に使っていても良さそうだ。なにより、他のスキルと干渉《かんしょう》しない。

「これはアタリだな。便利だ」

なんて、テンションが上がっていると。

不意に、頭に衝撃《しょうげき》が走った。

「パオォオオオ」

「い……っっ」

そのまま吹っ飛ばされる。

空中で身体を捻《ひね》り、なんとか体勢を整えて着地した。

「殴《なぐ》られたのか……。さっそく、《角兜》が活躍《かつやく》したな」

手の甲《こう》で頬《ほお》を拭《ぬぐ》って、俺を攻撃してきた魔物を見る。

サバンナライアンの二倍はある超《ちょう》巨大な立ち姿。大木と見紛《みまご》うほど太い脚に、長い鼻。

吹っ飛ばされたおかげでかなり距離が空いているのに、近く感じるほど大きい。

「サバンナエレファント……」

こんなデカイ奴がいたのに、攻撃されるまで気が付かなかったのか？

「パォオオ」

サバンナエレファントが、遠くから鼻を振りかぶった。

「届くわけ……っ」

ない、と言おうとしたが、嫌《いや》な予感がして全力で後ろに跳んだ。

次の瞬間《しゅんかん》、さっきまで立っていた地面が砕け散って、大きなクレーターができた。

「伸《の》びるのかよ！」

サバンナエレファントの鼻が遠心力によって、恐ろしい速度で振るわれたのだ。しかも、二倍以上に伸びながら。

攻撃が終わった鼻は、縮みながら元に戻った。よく見ると、鼻の側面はボコボコといくつもの突《とっ》起《き》があり、骨がむき出しになっている。

「道理で近くにいないのに食らったわけだ……」

いくら新スキルでテンションが上がってたって、この巨体に近づかれて気づかないほど油断していない。

だが、ある程度遠くの魔物は意識的に無視していた。だって、そこら中にいるから。他の魔物との戦闘中に、いちいち意識していられない。

だが、この距離から攻撃できるのなら話は別だ。

「囲まれたらやばそうだな……。さっさと片付けよう」

ほとんどの魔物をポラリスとフェルシーが引き受けてくれているとはいえ、魔物は大群。彼女たちの牢獄《ろうごく》から逃れた魔物だけでも相当数いる。

迅速《じんそく》に処理しないとな。

……しかし。

「くっ、危なすぎて近づけないな！　《炯眼《けいがん》》」

「パォオ」

再度振るわれた鼻を、鷹の目で見切り、跳躍して躱《かわ》す。俺を通り過ぎた鼻はそのままの勢いでぐるりと円を描《えが》き、さらに長くなって上空の俺を狙ってきた。

「二周できるのね……《天駆》」

器用な鼻だ。

鈍重《どんじゅう》そうに見えて、鼻が器用だからかなり柔軟《じゅうなん》に動けるようだ。

どんどん速くなる鼻を、宙を駆けて回避した。

三周してから、鼻が再び戻っていく。

「近づけないとどうしようも……そうだ」

サバンナエレファントが、もう一度鼻を振りかぶった。

「《鳥脚》《黒針》《角兜》《大鋏》」

《鳥脚》で地面をがっしりと掴み、衝撃に備える。

迎え撃《う》つのは、肩から生えた無数の針と、額から生えた強靭な角、左腕の鋏。

「来い！」

猛スピードで迫るサバンナエレファントの鼻を、防御に秀でたスキル群で受け止める。

針と角が鼻に突き刺《さ》さった。

「はぁあああ」

足を全力で踏ん張り、今度は吹っ飛ばされないように。

全身に衝撃が走るが、なんとか鼻を食い止めることに成功した。《大鋏》で挟み込み、切断はできなかったががっちりと固定する。

「鼻さえ抑《おさ》え込めばこっちのもんだ」

「パォオオオオ」

サバンナエレファントは俺を振り解こうと、鼻をぶん回す。

「デカくてタフな奴は既《すで》に対策済なんだよ」

左手の《大鋏》で落とされないよう掴みながら、右手を構える。

「《雷掌《らいしょう》》」

ゾウの長い鼻にも、他の動物のように穴が空いているらしい。

右手を穴の中に突っ込んで、電撃を流し込んだ。

「パオ……」

いくら皮膚が硬く、肉が厚くても、体内まで強いやつはそうそういない。

体内を焼かれたサバンナエレファントが、ぐったりと鼻を下ろす。

鼻孔《びこう》に手を突っ込んだついでに、《星口》で喰っておこう。

『《サバンナエレファントの足跡《あしあと》》を取得しました』

「よし、勝った！」

ガッツポーズして、辺りを見渡《みわた》す。

俺はたった三体だが、ポラリスとフェルシーは相当数討伐したはずだ。

なのに……。

「キリがねえな……」

ダンジョンの方向から大挙して押し寄せる魔物たちを見て、乾《かわ》いた笑みしか浮かばなかった。

通常、ダンジョン内の魔物には限りがある。

旅神の結界が、魔物の発生を抑えているからだ。

魔物は魔神によって生み出されるか、繁殖《はんしょく》によって増加する。

そのうち、魔神の力が残っている影響《えいきょう》で自然発生するものについて、結界は効力を発揮する。

魔神の力は恐ろしく強い。

旅神によって本体が眠らされ、さらに各ダンジョンに分散して力を封《ふう》じたとしても、魔物が生まれ続けるくらいに。

だから自然発生を抑制《よくせい》していた結界が破損すれば、魔物は無尽蔵《むじんぞう》に生まれ続ける。

「元を絶たないと……」

考えながら、サバンナライアンをさっきと同じ要領で倒す。

敵の数が多すぎる。ちょっと油断すると囲まれてしまうので、《炯眼》で警戒《けいかい》しながら各個撃破《げきは》を狙う。

しばらく、魔物を倒し続けた。十体ほどは倒しただろうか。

幸い、今のところ危《あや》うげなく処理できている。だが、一体一体に時間がかかるので、ポラリスやフェルシーのような殲滅《せんめつ》力はない。

だが今のところ魔物を食い止めることには成功している。

「そういえば使ってなかったな……」

念のため、靴を両足脱いだ。名前から察するに、足のスキルだろうから。

「《サバンナエレファントの足跡》」

しかし、その予想は裏切られることになる。

「えっ？」

スキルが発動したのは足ではなく、腕だった。

「ガゥ」

ぐちゃり、と数歩先でサバンナライアンが潰《つぶ》れる。

潰したのは、サバンナエレファントのような巨大な足だ。ただし……俺の肩から生えた足である。

「腕に出るのか……」

たしかに、四足歩行だったらこっちも足だけど。

《足跡》は、腕をサバンナエレファントの足に変えるスキルだった。

そのサイズは規格外だ。なにせ、長さは身長の三倍、太さは俺の身体の四倍以上ある。

するとどうなるか。当然、重くて動けない。

「なんて不自由なスキルなんだ」

試しに引っ張ってみたがぴくりとも動かないので、諦《あきら》めて解除する。

たまたま伸びた先にサバンナライアンがいたからいいものの、命中しなければただの足枷《あしかせ》だ。

使い道が少なそうなスキルがまた増えたな。

「エッセン、ちょっと相談があるのだけれど」

引き続き戦っていると、ポラリスが近づいてきた。

持ち場を離れて大丈夫《だいじょうぶ》なのかと視線を走らせると、いつのまにか《冬将軍》の範囲が大幅《おおはば》に広がっていた。あれじゃ逃げたくても逃げられまい。

「どうした?」

「氾濫にしては、数が少ないわ」

「これで少ないのか……？」

「本来、氾濫は上級冒険者が百人規模で対処するような災害なの。いくら私とあの子が足止めに秀でているとはいえ……たった三人で抑え込めるものではないわ」

ポラリスは氾濫の経験もあるのか。

実感を伴《ともな》った彼女の口ぶりに、関係ない感想が浮かぶ。まだ差は大きいな……。

「……なにか嫌な予感がするわ。そもそも氾濫なんて起きるはずのないダンジョン……なにか原因があるとしか思えないの。だから《無窮の原野》に行って、それを調べたいのだけれど」

「ダンジョンに？」

「ええ。もし通常の氾濫だとしても、ダンジョンには行く必要があるわ」

上級冒険者の経験からくる予感は、決して無視できるものではない。

ポラリスは真剣《しんけん》な表情で続けた。

「氾濫を止めるためには、ダンジョンまで行ってボスを倒さないといけないの。それも、ボスエリアによる弱体化のない、本来のボスを」

「それが氾濫が終わる条件か……。けど、今ここを離れたら、魔物を止める人がいなくなるぞ」

「そうね。迷宮都市との間にはいくつか村もある」

迷宮都市はダンジョンの近くにあるからこそ発展してきた都市だ。当然、氾濫に対する備えはしてある。

しかし、近隣《きんりん》の村や町はどうだろうか？　この数の魔物が押し寄せれば、簡単に滅ぶだろう。

そこらの村に、偶然上級冒険者がいることを期待するのは無理がある。

「だから、その相談よ。エッセンにはダンジョンまで行って、原因を探ってほしい。ここは私とあの子で食い止めるわ」

ポラリスが、俺の目を真っすぐ見て言った。

その役目に俺が選ばれたのは、おそらく消去法だ。

ポラリスとフェルシー、二人の殲滅力がなければ、魔物たちの侵攻《しんこう》を阻《はば》むことができない。自由に動けるのは俺しかいない。

「……わかった」

「言っておくけれど、一番信用できるのがエッセンだから頼《たの》んだのよ。消去法なんかじゃない。あの子がいなくたって、私一人でも食い止められるもの。でもあの子には頼めない。私が信頼《しんらい》しているのは……世界でただ一人、エッセンだけだもの」

ポラリスがふっと表情を緩《ゆる》めた。

「ねえ、二人でした約束、覚えているわよね」

「当然だ」

二人で冒険者になって、頂点を目指す——。

それが、閉鎖《へいさ》的な村を飛び出した俺たちが抱《いだ》いた夢であり、二人の約束だ。

「あの時は、ただ強くなればいいと思っていたわ。でも、そうじゃないと気付いた」

「そうだな。あの時は、自分たちさえよければいいと思ってたし……。けど、今は違う」

「ええ。上に立つ者には、相応の矜持《きょうじ》が求められる。だから……」

ポラリスが、拳《こぶし》を固めて突き出した。

「守るわよ。二人で」

「ああ。こっちは任せたぞ」

「余計な神官がいるけれどね」

「ちゃんと協力して……？」

拳を合わせて、くすりと笑った。

そのまま、お互《たが》い背を向けて走り出した。

四章　武者《むしゃ》

「《健脚《けんきゃく》》《天駆《てんく》》《銀翼《ぎんよく》》」

必要なのは移動スキルだけだ。

俺《おれ》はポラリスに背を向け、全速力で駆《か》けだす。

極力、魔物《まもの》とは戦わない。こいつらはポラリスに任せる。

《無窮《むきゅう》の原野》の方向は、考えるまでもない。

少し飛べばわかる。魔物の群れが、一方向からやってくるからだ。

ダンジョンから溢《あふ》れ出た魔物たちなのだから、彼《かれ》らが来ている方向がダンジョンだ。

「俺が止める」

飛び上がり、空中を駆け、滑空《かっくう》する。

地を進む魔物たちの頭上を跳び越《こ》える。今の俺は、走るよりも速い。

俺の目標は、冒険者《ぼうけんしゃ》ランキング1位だ。

すなわち、冒険者の頂点である。

頂点なら……氾濫《はんらん》くらい止めないとな！

「相手が誰《だれ》でも関係ねえ。強くなるために喰《く》らうだけだ。魔物も、逆境も、全部喰らってやる」

眼下の魔物たちは、俺には目もくれない。この数が迷宮《めいきゅう》都市や近隣《きんりん》の村、町を襲《おそ》うのかと思うとぞっとする。

だが、この先には誰よりも頼《たよ》りになる奴《やつ》が待っている。

それを考えればむしろ、今から氷漬《づ》けにされる魔物たちが不憫《ふびん》になるくらいだ。

「あれが《原野》か！」

しばらく走ると、ダンジョンが見えてきた。

ダンジョンの結界は半透明《はんとうめい》だが、うっすらと青みがかっている。フェルシーの結界と同じだ。

だから遠目でもわかる。ダンジョンの中は広大な草原が広がっているので、《無窮の原野》に違《ちが》いない。

それに……魔物たちの行列が、このダンジョンの一部から始まっているのが見てとれた。

まるで、迷宮都市の門のようだ。一か所からぞろぞろと魔物が出てくる。

「氾濫って、結界が全部なくなるんだと思ってたけど……あれじゃあまるで、穴が空いてるみたいだ」

魔物の量が結界の許容限界を超《こ》えたとき、氾濫が起きる。その時、結界は一時的に消滅《しょうめつ》すると聞いたことがある。

一か所だけ穴が空くなんてこと、あり得るんだろうか？

「とりあえず行ってみよう」

とにかく、見てみないことにはわからない。

《銀翼》で軽く羽ばたいて、結界に穴が空いていると思われる場所の近くに降り立った。

一体一体が大きく、穴が小さいため、魔物が出てくるペースはそれほど速くないようだった。無《む》駄《だ》な戦闘《せんとう》をしないよう、慎重《しんちょう》に近づく。

ポラリスが言うには、氾濫の終息のためにはボスを倒《たお》す必要があるらしい。ボスはダンジョンの中にいるのだろうか。

そう思い、ダンジョンのすぐ側《そば》まで寄った時……。

「……っ！　誰かいる」

人影《ひとかげ》が目に入り、慌《あわ》てて停止した。

「……冒険者ですか」

ぼそり、と低い声が聞こえた。

決して声量は大きくないというのに、その暗く冷酷《れいこく》な声ははっきりと届いた。ぞくり、と胸がざわめく。

「想定よりも早いですね」

「誰だ……！」

「私は武者。それ以外の名を持ちません」

そう言いながら姿を見せたのは、黒装束の男だった。

表情や目からは、一切《いっさい》の感情が感じられない。

身長は高く、長い黒髪《くろかみ》を一つに結《ゆ》わえ、腰《こし》には鞘《さや》を下げている。しかし、そこに剣《けん》はない。

視線を走らせると、少し離《はな》れた地面に剣が突《つ》き刺《さ》さっていた。普通《ふつう》の剣ではない。見慣れない片《かた》刃《は》の直刀で、その刀身は漆黒《しっこく》に染まっている。

そして直刀が刺さっているのは、ダンジョンの入り口だった。ちょうど、魔物が出てきている辺り。

直刀を中心として、結界に穴が空いている。

つまり……。

「お前が氾濫の原因か！」

「いかにも」

状況《じょうきょう》から判断した推測を口にすると、武者はあっさりと認めた。

やや特徴《とくちょう》的な装《よそお》いではあるが、見たところ普通の人間だ。

だが、氾濫を人為《じんい》的に起こしている人物なのだとしたら、敵だ。

「《鋭爪《えいそう》》《刃尾《じんび》》」

「ほう。そのスキルは」

武者の無表情がほんの少しだけ崩《くず》れた気がした。

その隙《すき》に、《健脚》で一気に距離《きょり》を詰《つ》める。

おそらく主武器である直刀は、彼の手元にない。

「丸腰のところ悪いな……！」

少し気が引けるが、容赦《ようしゃ》している暇《ひま》はない。この間にも、ダンジョンから魔物が溢れ続けているのだ。

こちらの間合いまで詰め寄ると、躊躇《ちゆうちょ》せず《鋭爪》を振《ふ》るった。

「いえ。――《斥候《せっこう》》《曲芸師》《韋駄天《いだてん》》」

棒立ちだったはずの武者が、なにかスキルを使った。

「なっ……！」

次の瞬間《しゅんかん》には、武者の姿が消えていた。

《鋭爪》は呆気《あっけ》なく空振りで終わる。

「武器が上古刀のみだと勘違《かんちが》いさせてしまったこと、お詫《わ》びいたします」

その声は、俺の下から聞こえた。

「……っ！《大鋏《おおはさみ》》」

「《格闘家《かくとうか》》《拳士《けんし》》《剛力《ごうりき》》《破壊王《はかいおう》》」

咄嗟《とっさ》に腕《うで》を胸につけ、《大鋏》を発動させる。こうすることで、即座《そくざ》に盾《たて》を出現させることができる。

だが、それでもギリギリだった。

いつの間にか懐《ふところ》に潜《もぐ》り込《こ》んでいた武者が拳《こぶし》を振り抜《ぬ》くのと、《大鋏》の出現はほぼ同時。

ただの拳とは思えないほどの衝撃《しょうげき》が、鋏越《ご》しに伝わってくる。

「グ……っ」

《大鋏》が砕《くだ》け散り、強制的に解除される。

俺は衝撃で吹《ふ》っ飛ばされた。

《銀翼》と《天駆》で、なんとか着地する。体勢を立て直す余裕《よゆう》もなくて、思わず地面に膝《ひざ》をついた。

さらに、着地した場所が悪かった。

「パォオオオ」

目の前に、長い鼻を振り上げるサバンナエレファントの姿。

「くそっ！」

武者という脅威《きょうい》がいるというのに、無駄にタフなエレファントの相手をしている暇はない。

だが、完全に俺をターゲットに定めている。戦うしかないか……。

「邪魔《じゃま》です。《水流術師》《雷光術師《らいこうじゅつし》》《暴風術師》」

またもや、武者がスキルを使った。

顕現《けんげん》した現象は、まさに災害。巨大《きょだい》な竜巻《たつまき》が、雷雨を伴《ともな》ってサバンナエレファントを襲った。

竜巻に巻き込まれたサバンナエレファントは、細切れになりながら空に打ち上がった。

少し経《た》って、肉片《にくへん》と血液が雨のように降ってくる。

強すぎる。それに、なんだこの多種多様なスキルは。冒険者か……？

いや、スキルというより、まるで……。

「いくつギフトを持ってるんだ……!?」

「貴方《あなた》こそ、いったい何体の魔物を体内に飼っているのですか？」

膝立ちのまま唖然《あぜん》とする俺の前に、武者が立ちふさがった。

俺の攻撃《こうげき》を避《よ》け、懐に潜り込んだ時。

その後、拳で俺を殴《なぐ》った時。

そして、サバンナエレファントを魔法で消し飛ばした時。

どれも、完全に異なる動きをしていたように見えた。

通常、ギフトは限られた範囲《はんい》の能力しか使えない。武者の動きは、到底《とうてい》一つのギフトで実現できるものではないように感じる。

まるで、複数のギフトを持っているかのようだ。

「どうやら似たもの同士のようですね。では、改めてご挨拶《あいさつ》をいたしましょう」

武者が目を伏《ふ》せて、襟《えり》を正した。

「私は武者。我らが主、魔神より賜《たまわ》ったギフトは《人間喰らい》。旅神の加護を喰らい、身に宿す力です」

「魔神だと……⁉」

魔神……フェルシーから聞いた話を思い出す。

旅神教会と長きにわたり対立し、近頃《ちかごろ》動きが活性化してきたという組織……。

「お前、魔神教会か！」

「いかにも」

武者は焦《あせ》りもせず、鷹揚《おうよう》に頷《うなず》いた。

隠《かく》す気もないようだ。

「俺は冒険者だ。魔神教会がなんだかよく知らないけど、魔物を使ってなにかしようとしているなら……俺が止める」

「冒険者らしくない見た目ですね」

「《魔物喰らい》だからな」

「ほう、《魔物喰らい》……。老師がなにか仰《おつしや》っていたような」

俺を目の前にして、武者は随分《ずいぶん》と余裕だ。

当然か。あまりにも実力差がありすぎる。それは、先ほどの攻防《こうぼう》ではっきりした。

だが、これだけ油断しているなら可能性はある。

「《炯眼《けいがん》》」

まず、あのスピードを目で追えなければ話にならない。

痛む身体《からだ》に鞭《むち》うって、立ち上がると同時に大きくバックステップ。

考え込んで動かない武者に、退がりながら右手を向けた。

「《空砲《くうほう》》」

不可視の衝撃波《しょうげきは》が武者に迫《せま》る。

「ああ、思い出しました」

武者が顔を上げた。

身動きせずに発生させた風の魔法で、《空砲》を片手間に打ち消す。

「ヴォルケーノドラゴンを倒した冒険者でしたね」

武者の瞳《ひとみ》がぎらりと光った。

「二度も邪魔をするとは、果たして偶然《ぐうぜん》か必然か。《吟遊詩人《ぎんゆうしじん》》《音使い》《呪言術師《じゅげん》》――【ひれ伏せ】」

「あれもお前らの仕業《しわざ》かよ！　《咆哮《ほうこう》》」

直感的に、音が届く前に《咆哮》でかき消す。

彼の言葉が聞こえた瞬間に身体が重くなったので、音の攻撃だろう。完全に効果が出る前に反応できてよかった。

「遠距離もダメなら、今度は空だ」

《健脚》と《天駆》で上空に駆け上がる。

武者の真上まで行き、真っすぐ見下ろす。

「真上から落とす分には使えるよな。《足跡《あしあと》》」

右腕を武者に向け、スキルを発動する。

サバンナエレファントよりも大きなゾウの足が、俺の肩《かた》から生えてきた。重すぎてまともに動かせやしないが、標的は真下にいる。この重量なら、落とすだけでかなりの威力《いりょく》になるはずだ。

いわば、巨人のパンチだ。

「《金剛《こんごう》》《剛力》《剛体《ごうたい》》《頑強《がんきょう》》《力士》」

ぴたり、と《足跡》が止まった。

感覚が鈍《にぶ》いから定《さだ》かではないが、音からして地面に当たったわけではなさそうだ。

どちらにせよ、発動したままでは動けない。即座に《足跡》を解除する。

「正面から受け止めやがった……！」

《足跡》の下にいたのは、腰を落とし手のひらを上に向けた武者だった。

武者にとって、あの程度の攻撃は避けるまでもないということだ。

一歩も動かず、最小限の動きで張り手をしただけだというのに、無傷のまま完全に防がれた。

「貴方に勝ち目はありません」

地面に降り立った俺に、攻撃するでもなく武者が話し出す。

「能力の多さは強さに直結する。それは貴方もよく知るところでしょう」

「……お前のスキルは、まさか、人間のギフトなのか？」

「いかにも」

俺は《魔物喰らい》のギフトで、魔物のスキルを得ることができる。

武者のギフトは《人間喰らい》だという。同じ系統のギフトだとすると、その能力は……。

「私は殺した人間から、ギフトを喰らうことができます。現在、五百ほどでしょうか」

「五百……!?」

「その中から状況に合わせ、シナジーのあるギフトを同時に発動できます。……もっとも、喰らったギフトは成長することがないので、一つ一つの力は上級冒険者には劣《おと》りますが。合わせれば、十傑《じっけつ》にも負けることはないでしょう」

俺が持つ魔物のスキルは、二十四個。武者は二十倍以上の数を保持していることになる。

さらに、同時に発動することで重ね掛《が》けすることもできる……。先ほどの人間離れした動きは、それが理由か。

攻防ともに隙が一切ない。

現に、俺の攻撃は全《すべ》て通用しなかった。

未《いま》だ表情を崩すことすらできていないのだ。……レベルが違うと言わざるを得ない。

「いや、諦《あきら》めるな」

自分に言い聞かす。

そもそも、俺は武者を倒しに来たわけではない。氾濫の終息が目的だ。

結界に刺さっている直刀さえ抜くことができれば、無理に武者と戦う必要はない。

必死に頭を回転させ、突破口《とっぱこう》を探《さぐ》る。

武者は構えもしていないが、なにをしても対応されるビジョンしか浮《う》かばない。どれだけ隙だらけに見えてもすぐに反応してくることは、先ほどの戦闘でわかった。

「まだ諦めない姿勢は評価します。しかし、人間のためにそこまで頑張《がんば》る理由はなんでしょうか。……貴方のそのギフトでは、彼らに受け入れられないでしょう?」

「理由なんて必要ない」

「貴方の能力からして……人間社会で正しく評価されることはあり得ません。むしろ、こちら寄りだ。どうでしょう」

そこで初めて、武者が穏《おだ》やかな笑《え》みを見せた。

「魔神教会の仲間になりませんか? 魔物になれる人間。なんと素晴《すば》らしい。歓迎《かんげい》いたしますよ」

武者が一歩歩み寄ってくる。

「こちらに来れば……そうですね。手始めに、全ての魔物を喰らっていただきましょうか。サポートいたしますよ。それが旅神のギフトなのは癪《しゃく》ですが、魔物に変身できるというのは、魔神教会にとっても価値が大きい」

冗談《じょうだん》を言っているようには見えなかった。

魔神教会。

魔物を利用して街を襲おうとしているような奴らの仲間になる?

「ふざけるな」

血が沸騰《ふっとう》するほどに、怒《いか》りがこみ上げる。

「俺は冒険者として上に行きたいんだ。断じて、冒険者の敵になりたいわけじゃない」

「無理な願いではないでしょうか。旅神教会から異端審問《いたんしんもん》にかけられるのが目に見えております」

「それは……」

何も言い返せない。

現に、旅神教会からは疑われ、上級神官であるフェルシーに監視《かんし》されている。

「それでも、関係ない。誰がなんと言おうと、俺は冒険者だ」

ポラリスと約束したから。

いつか冒険者の頂点に立つ。その芯《しん》だけは、なにがあっても曲げたくない。

「そうでしょうとも。私が旅神の元に還《かえ》るギフトを掠《かす》めとるのと同じように、魔神が回収するはずの加護をその前に吸収するのが、貴方の能力です。実際に魔神の力を削《そ》いでいるのだから、それは冒険者……旅神の信徒の力に違いありません」

言われて、納得《なっとく》する。

なんで旅神のギフトで魔物のスキルを使えるのかと思っていたが、魔神の力を奪《うば》っているのだとするなら理解できる。

「しかしながら、愚《おろ》かな旅神教会がそれを認めるかどうかは別問題ですがね。その点、魔神教会なら正当に評価いたします、悪くない提案かと存じますが」

俺の能力は、人々にとって受け入れがたいものだ。それは、最初からわかっていた。

魔物は絶対悪。

神話上でも、習慣的にも、魔物は人類の敵だと定義されている。中には、実際に魔物の被害《ひがい》に遭《あ》った者も少なくないだろう。

そんな人間社会で、魔物に変身することができる俺が、どんな目で見られるか。そんなの、考えるまでもない。

武者の言う通り、魔物側の組織のほうが正当な評価を得られるだろう。

「断る」

でも、俺は評価がほしいわけじゃない。

誰かに褒《ほ》めてもらいたくて、冒険者をしているわけじゃないんだ。

「冒険者じゃないと意味ないんだよ。名誉《めいよ》がほしいわけじゃない。強い冒険者になりたいだけなんだ」

「なぜそこまで……強さなら、冒険者に拘《こだわ》らなくてもよろしいでしょう」

「お前にはわからないだろうさ」

いや、誰にも理解されなくてもいい。

『一番すごい冒険者になって、俺がお前を守るから』

いつも泣いてばかりだった幼馴染《おさななじみ》。

彼女《かのじょ》を元気付けるためだった大言壮語《たいげんそうご》は、いつしか本当に俺の目標になっていた。

魔物から人々を守る冒険者。吟遊詩人から伝え聞くそんな英雄《えいゆう》の話に憧《あこが》れて。

その話をしている時だけは、彼女は泣き止《や》んでくれた。

強い冒険者になれば、彼女をなにからでも守れると思ったんだ。

その強い気持ちは、歳《とし》を取った今でも変わっていない。

「約束がなければ、その誘《さそ》いに乗っていたかもな」

「どうやら、貴方を屈服《くっぷく》させるのは容易ではないようですね」

「ああ。あいつとの約束があるうちは――俺は絶対に負けない」

無駄話《むだばなし》は終わりだ。

話すまでもなく、結論は決まっていた。

いや、さらに決意が決まったとも言える。

フェルシーの監視を恐《おそ》れ、揺《ゆ》らいでいた自分が恥《は》ずかしい。

能力を隠す？　食べているところを見せない？

そんな必要はない。俺にやましいことはないんだから。

ただでさえポラリスより出遅《でおく》れているのだから、俺に立ち止まっている暇はない。

まずは……目の前の敵から片付けようか。

「ヴォルケーノドラゴンの――」

「まことに残念ですが、ここで終わりのようです」

スキルを発動しようとした瞬間、武者が俺から勢いよく離れた。

「さすがに、今から上級を二人も相手するのは少々骨が折れます。それに、目的は十分に達しました」

武者の視線は、俺の後方に向いている。

「エッセン！　大丈夫《だいじょうぶ》!?」

「ポラリス！」

どうやら、魔物の殲滅《せんめつ》を終えたポラリスが駆け付けてくれたようだ。少し後方にはフェルシーもいる。

魔物は未だダンジョンから溢れ続けているとはいえ、ペースは遅い。

ポラリスとフェルシーの殲滅力なら、片付け終わるのも時間の問題だった。

「エッセン、あいつは敵でいいのよね？」

「ああ。魔神教会だ」

短いやりとりで、情報共有する。

ポラリスはこくりと頷くと、レイピアを武者に向けた。

「《氷雪断》」

鋭《するど》い氷の刃が、武者に飛来する。

武者はダンジョンに刺していた直刀を引き抜き、なにかのスキル……いや、ギフトを発動しながらそれを防いだ。

「私はこれで失礼いたします。この通り、我々魔神教会はいつでも、そしてどこでも氾濫を起こすことができる。ゆめゆめ、お忘れなきよう」

「待ちなさい！」

「そして、いつか気が付くでしょう。魔神の眷属《けんぞく》たる魔物こそが地上の支配者に相応《ふさわ》しい、と」

武者の気配が薄《うす》くなっていく。

まるで煙《けむり》が消えていくように、彼は影《かげ》に溶《と》け込んでいく。

「……っ。逃《に》がさない。《アイスバーン》」

「逃がすわけないよね？　《多重結界》」

フェルシーとポラリスが、逃げようとする武者にスキルを使う。

しかし、武者を捉《とら》えるには至らない。

「みなさんのお相手は、私ではありませんよ」

どしん、と地面が揺れた。

「それでは、失礼いたします」

武者の気配が完全に消える。

代わりに、直刀がなくなったことで閉じていくダンジョンの結界をこじ開けて……巨大な魔物が現れた。

「ピシィイイイ」

想起するのは、リュウカの《魔導工房《まどうこうぼう》》。

人が数人は乗れそうな巨躯《きょく》には六本の脚《あし》と、二本の鋏、そして三本の長い尾が生えていた。

「サバンナスコーピオン……」

ポラリスがぐっとレイピアを構えた。

「《無窮の原野》のボスよ」

温存していたのか、今出てきたのか。

氾濫において最大の敵が、俺たちの前に立ちふさがった。

Cランクダンジョンのボスが、ダンジョンの外にいる。

氾濫である以上当たり前のことだけど、実際に見ると衝撃がすごい。

サバンナスコーピオンは巨大で、一振りで山をも砕けそうな太く長い尾が三本生えている。

同時に、ダンジョンができる前はこんなのが普通に闊歩《かつぽ》していたのか、と戦慄《せんりつ》する。

昔の人たちはどうやって生きてたんだ……。

「あの男も気になるけれど……今はスコーピオンの処理が優先ね」

武者にはまんまと逃げられてしまった。

なんのギフトかはわからないが、気づいた時には姿が消えていた。それに、サバンナスコーピオンの妨害《ぼうがい》がある状態で追うのは無理だろう。

「エッセン様、なにを話していたのかな？」

「フェルシー、今はそれどころじゃないだろ。スコーピオンを倒さないと……」

「サバンナスコーピオンくらい、彼女が倒してくれるでしょ。私にはちょっと、荷が重いかな」

フェルシーがそう言って、肩を竦《すく》める。視線は俺に向かっていて、さらに疑念を深めているようだった。

魔物たちの殲滅をしながら、少しずつダンジョン側に移動していた二人が辿《たど》り着いた時……俺と武者は、たしかに会話していた。

「で、なにか言われた？」

「いや……」

俺にやましいことはない。

だが武者に勧誘《かんゆう》されたなどと言えば……フェルシーは有罪だと断定するだろう。

そう思い、つい濁《にご》してしまう。

フェルシーがすっと目を細めた。

しかし、彼女がなにか言う前に、ポラリスの声が届いた。

「エッセン、ちょっと手伝ってくれる？」

ポラリスは冷静にスコーピオンを見据《みす》えたまま、言葉を続ける。

いつもクールで強気なポラリスの額に、うっすらと冷や汗《あせ》が浮かんでいるように見えた。

「サバンナスコーピオンは、単体だと上級ダンジョンの魔物クラス……。ダンジョンの中では、ね」

「どういうことだ？」

「どうしてボスだけ、ダンジョンの中で別のエリアが用意されていると思う？　ボスだけはただ閉じ込めるだけではダメ……。力を弱め、かつ一体しか存在できないようにする別の結界が必要だから」

そういう説もあるね、とフェルシーが補足する。

なるほど……。

ボスは必ず、ダンジョンの奥地《おくち》にあるボスエリアに一体だけ存在している。

ボスエリアには、誤って入ってしまうことはない。ダンジョンに入る時と同じように、旅神から意志を確認《かくにん》される。ボスエリアには別の結界があるからだ。

「ダンジョンから解《と》き放たれたボスの強さは……さらに二ランク上。このサバンナスコーピオンは、Aランクダンジョンのボス相当よ」

ポラリスの冷や汗の理由がわかった。

Aランクダンジョンのボスを単独撃破した冒険者は、歴史上でもほとんどいない。

いや、上級が複数人で挑《いど》んでも、勝率は低いだろう。それだけ、他の魔物とは一線を画す強さだ。

「旅神はね、魔神の力を細かく分割して、各地のダンジョンに封印《ふういん》したの。そんな残り滓《かす》みたいな力から、今も魔物が生まれ続けている……。そしてボスは、その欠片《かけら》を直接宿す存在と言われてるんだ」

フェルシーが両手を前に突き出して、サバンナスコーピオンに向ける。

「だから、ちっちゃい魔神みたいなものだよね。――《多重結界》」

見上げるほどに巨大なサソリ。

それを囲うように、一瞬にして結界が幾重《いくえ》にも展開された。

……しかし、スコーピオンの尻尾《しっぽ》の一振りで切り裂《さ》かれてしまう。溶けるように、結界が消滅した。

「うーん、無理かも」

「諦めないで。行くわよ」

「ボク、対人が専門なんだよね～」

フェルシーが恐ろしいことを言っている。俺より魔神側じゃね？

三人で勝てるだろうか？

とはいえ、ポラリスの言う通りこいつを野放しにしておくわけにはいかない。

Aランクのボス相当……単体で国を滅《ほろ》ぼすほどの力を持っているのだから。

「《健脚》《刃尾》《炯眼》《天駆》」

「結界から出ても基本的な動きは変わらないはずよ。三本の尻尾に気を付けて。――《アイスバーン》」

ポラリスが冷気を広げて、サバンナスコーピオンの足元に氷を展開する。

スコーピオンは余裕なつもりなのか、どっしりと構えたまま動かない。いつでも殺せるとでも言いたげだ。

「エッセン、足を攻撃して！　まずは機動力を奪うわ」

「了解《りょうかい》」

スコーピオンの足元から広がった氷が、六本の脚にまとわりつく。根本まで氷漬けにして、地面に縫《ぬ》い付けた。

脚がある場所以外の地面は凍《こお》っていない。さすがのコントロールだ。

ポラリスの《銀世界》は剣と氷魔法の複合ギフトだ。

氷で動きを奪い、剣でトドメを刺す戦い方を得意としている。

彼女の前では、全ての魔物は動けないまま殺されていく。

「俺も負けてられないな」

俺はスコーピオンに向けて走り出した。

足元をくぐり抜け、一本の脚に肉薄《にくはく》する。

「《大鋏》」

脚の付け根を挟《はさ》み込む。

「くっ、硬《かた》い！」

しかし、俺の最大の攻撃力《こうげきりょく》を持つスキルでも、硬い外骨格を破ることはできなかった。柔《やわ》らかい関節部を狙《ねら》ったはずなのに、少し傷つけただけで切断するには至らなかった。

「エッセン、避けて！」

ポラリスの声を聞いて、状況を確認する前に横に跳んだ。《天駆》で空中を蹴《け》り、さらに離れる。

俺がいた場所に、鋭い尻尾が突き刺さった。

「ありがとう！」

「もう一回行くわよ」

ポラリスと頷きあって、二人で駆けだす。

「次こそは……」

ポラリスだけに任せてはダメだ。

隣《となり》で一緒《いっしょ》に戦う。その夢は、決してポラリスに守られるという意味ではない。

同等に戦うことができなければ、肩を並べているとは言えないだろう。

「凍った魔物は、少しの攻撃で砕けるの」

ポラリスが肘《ひじ》を曲げてレイピアを引き絞《しぼ》る。

「《アイスピック》」

ポラリスのレイピアが、凍り付いた一本の脚に突き刺さる。

ガラスが割れるような音とともに、氷ごと脚が砕け散った。

「なるほどな！」

ポラリスの強力な魔法によって、スコーピオンの脚は完全に凍っている。

なら、切るより砕くほうが簡単だ。

「《足跡》」

右手を一本の脚に向けて突き出し、《刃尾》を地面に刺すことで身体を固定する。

空中で使えば落石だが……横から使えば、大砲《たいほう》のようなものだ。

身体を固定するだけで、勝手に伸《の》びていくエレファントの足がスコーピオンに激突《げきとつ》する。

「よしっ！」

「よくやったわ」

脚を一本吹き飛ばしたのを確認し、スキルを解除する。

ポラリスと合わせて、これで二本。残り四本だ。

ほとんどポラリスの力なような気がするけど、この調子なら……。

ばきっ、と氷が割れる音がした。

「ピシィイッ」

今度は、脚が砕けたわけではなかった。

ついにスコーピオンが動き始めたのだ。スコーピオンは強引《ごういん》に地面から脚を剥《は》がし、俺たちから距離を取る。

無理やり動けば、自分の力で脚を砕いてしまう危険もあったのに……それだけ、怒《おこ》っているということだろう。

スコーピオンの三本の尻尾が、同時にポラリスに向かう。

「《結界網《もう》》」

空中で、半透明のなにかがキラリと光った。フェルシーの放った結界だ。

細長い結界が網目状《あみめじょう》になって、三本の尻尾を絡《から》め取る。

完全に停止するほどではなかったが、少し止めた隙にポラリスが回避《かいひ》した。

「《結界弦《げん》》」

フェルシーは踊《おど》るように両手を振って、さらに細い結界を振るった。

守るだけじゃない。超《ちょう》攻撃的な結界使い……。

「はい、ボクも一本！」

鞭のように鋭くしなった結界が、スコーピオンの脚を根本から切断した。

強引に動いたことで傷ついていたとはいえ、恐ろしい切れ味だ。

これでスコーピオンの脚は右に一本、左に二本しか残っていないことになる。

「このままだと、ボクが残り全部切っちゃうよ？」

フェルシーが煽《あお》るように、強気な笑みを向けてくる。

「油断しないで。尻尾が来るわよ」

フェルシーが挑発《ちょうはつ》しても、ポラリスは冷静だ。

たしかに、脚を減らしたことで機動力は下がった。しかし、最も危険な尻尾は未だ健在だ。

フェルシーの結界と、ポラリスの氷。どちらを持ってしても破壊はおろか、止めることすらできていない。

「ピシィイイイ」

三本の尻尾が、それぞれ違う動きでポラリスに向かった。真っすぐ刺突《しとつ》する尾、横薙《よこな》ぎに振り払《はら》う尾、時間差をつけて叩《たた》き付ける尾……。

その全てが、ポラリスだけを狙っている。先ほどの攻防で、ポラリスが最も危険だと判断したようだ。

それもそのはず。俺とフェルシーは、ポラリスが弱らせた脚を破壊しただけにすぎないのだから。

「《足跡》」

「《結界網》」

俺は言わずもがな、フェルシーもポラリスを守るためにスキルを発動する。軌道《きどう》を変え、速度を緩《ゆる》めるのが限界だ。

そして、これだけ尾を振り回されると誰も近づけない。

「どうする……ッ」

攻《せ》め手がないことに歯噛《はが》みする。

俺のスキルでは、火力も速度も、なにもかも足りない……。そのことが悔《くや》しくてたまらない。

「エッセン、お願いがあるのだけれど」

「なんだ？」

「三分だけ、私のことを守ってくれないかしら。その間、私は動けない」

尾を回避しながら、ポラリスと言葉を交《か》わす。

「その代わり三分後……確実にスコーピオンを倒すわ」

自信たっぷりの笑みで、ポラリスがそう宣言した。

三分間……つまり、溜《た》めが必要な攻撃ということか。

考えるまでもない。俺は一も二もなく頷いた。

「承知した」

「ありがとう」

俺の言葉を聞いて、ポラリスが足を止めた。

動きを止めたポラリスに、三本の尻尾が一斉《いっせい》に向かう。

「フェルシー、止めるぞ」

「えー、仕方ないね」

サバンナスコーピオンの尾は大きく、そして鋭い。

まともに受けたら腹に穴が空くことは確定だ。

「全力で止める。《角兜《つのかぶと》》《大鋏》それと……《鱗甲《りんこう》》」

スキルを発動しながら、ポラリスの十歩ほど前に立ちふさがった。

《鱗甲》は長時間は使えない。

その代わり、絶大な防御力《ぼうぎょりょく》を誇《ほこ》る。

「来い！」

《大鋏》をがっしり構えて、衝撃に備える。

サバンナスコーピオンも、ポラリスを止めないとまずいことがわかったようだ。

三本の尻尾をねじって、一本にまとめる。強固な縄《なわ》のように一まとまりになった。

尻尾による攻撃以外は、あまり速い魔物ではない。脚を切っておいてよかった。

スコーピオンができるのはわずかな移動と、尻尾による攻撃だけ。

これを止めれば、三分は稼《かせ》げるはずだ。

「《多重結界》《結界網》」

フェルシーが結界で俺とフェルシーを守る。

一本となった太い尻尾は、いくつもの結界に妨害されながら俺に迫る。

そして——盾として構えた《大鋏》に、尻尾の先が激突した。

「く……っ」

ものすごい衝撃だ。

しかし、ギリギリ吹き飛ばされはしなかった。

「ボクも本気出すよ。《螺旋結界《らせん》》」

俺が止める瞬間を待っていたのだろう。

フェルシーの放った無数の細い結界が、尻尾にまとわりつく。

動きを制限し、特に尻尾を戻《もど》すことを許さない。何度も刺突されるほうが厄介《やっかい》だったから助かる。

進むしかなくなったサバンナスコーピオンは、ひたすら尻尾を押《お》し続ける。

ぴきりと、《大鋏》にヒビが入る。

「《結界壁《へき》》」

フェルシーが俺の背後に立ち、結界とともに俺の背中を支える。

まずい、このままじゃ突破されるのも時間の問題だ。

すでに《大鋏》は大破寸前で、腕に激痛が走っている。

だが、ここを通すわけにはいかない。

俺は……ポラリスを守るために、一緒に戦うために冒険者になったんだから。

「うぉおおおおお。《大牙《たいが》》ッッ」

咄嗟に、《大牙》を発動させる。フェルシーの前だけど、なりふり構っている場合じゃない。

俺に押し付けられた尻尾の先。身体を屈《かが》めて、なんとか噛《か》みついた。

ダメージは大して期待できない。でも、目的はダメージじゃない。

鉄のように硬い尻尾のほんの表面だけ、ほぼ削《けず》り取るような形で呑《の》み込んだ。

『スキル《サバンナスコーピオンの三叉《さんさ》》を取得しました』

旅神の声が聞こえたのとほぼ同時に、《大鋏》が破壊された。

武者の時と合わせて、今日で二回目だ。スキルは強制的に解除される。発動し直せばまた使えるが、すでに先端《せんたん》が俺の腹に到達《とうたつ》してしまった。

「ぐはっ……」

《鱗甲》のおかげで、貫通《かんつう》することはなかった。

しかし、衝撃のせいで腹の中が痛い。

「《サバンナスコーピオンの……三叉》ッ」

新たなスキルを発動する。

現れたのは……サバンナスコーピオンのものとは違い、先端が三叉に分かれた一本の尾だった。

感覚は《刃尾》に近い。しかし《三叉》のほうがはるかに太く、先端はかなり硬そうだ。

小回りが利《き》く剣のような《刃尾》に対し、いわば巨大な槍《やり》。それが《三叉》である。

「うぉおおおおおお」

腹で受け止めながら、《三叉》を横から伸ばす。そのまま、スコーピオンの尻尾の側面に突き刺した。

不安定な姿勢だというのに、三つに分かれた先端は深々と突き刺さった。これは……《大鋏》よりも威力があるかもしれない。

「ピシィイイイ」

サバンナスコーピオンが痛みに悲鳴をあげる。強引に尻尾を捩《ねじ》り、火事場の馬鹿力《ばかぢから》で押し付けてくる。

太い尻尾が、俺の腹に突き刺さった。

「が……っ」

《鱗甲》のおかげで傷は浅い。

だがお互《たが》いに尻尾を刺している状態だから、俺もスコーピオンも動けない。スタミナ勝負では勝ち目はないだろう。

今何分経った？　そう思った時。

「エッセン、信じてたわ」

ポラリスの優《やさ》しい声が、背後から聞こえた。

「私のギフトは、《銀世界》。ただの刃と氷じゃないわ。本気を出せば……世界そのものを顕現させる」

背後から、ポラリスによって溜められた膨大《ぼうだい》な魔力が、一気に解放される。

「《ニブルヘイム》」

世界が、氷に染まった。

次の瞬間には、サバンナスコーピオンが物言わぬ氷像となっていた。

「ははっ、すげー……」

俺に刺さっていた尻尾が、ぼろぼろと崩れ落ちる。

辺り一面、見渡《みわた》す限り氷が広がっている。木々も、岩も、ダンジョンの管理用であろう建物も、なにもかも。

名前通り、銀世界だ。

「よし、勝った……」

安心した途端《とたん》、全身の力が抜ける。スキルを解除して、思わず膝を突いた。

「エッセン！」

ポラリスが駆け寄ってくる。

——だが、それよりも早く。

「《結界弦》」

すぐ近くにいたフェルシーが、使ったスキルが……俺の両腕を、切り飛ばした。

ぼとり、と俺の身体から離れた腕が、地面に落ちる。

「上級神官の権限において、異端者《いたんしゃ》と認定します」

冷酷な声音で、フェルシーが言った。

「エッセン……っ！」

フェルシーの悲痛な叫《さけ》びを聞きながら、俺は地面に倒れ伏した。

俺はなにをされたんだ？

フェルシーに攻撃された？　なんで？

両肩《りょうかた》が焼けるように痛い。腕を切断された？　一瞬で？

痛みで頭が正常に働かない。

わかるのは、フェルシーが俺を完全に敵だと認定したことだけ。上級神官には、独断で処刑《しょけい》できるだけの権限がある。

「エッセンから離れなさい！」

ポラリスが俺に駆け寄ってくる音がする。

血で汚《よご》れるのも厭《いと》わず、ポラリスが俺を抱《だ》き起こした。

「ごめんなさい、私には治療《ちりょう》はできないけれど……」

そう言って、氷で傷口を塞《ふさ》いでくれた。

温度が下がったおかげで、痛みが少し和《やわ》らぐ。

「ポラリス……」

「すぐ癒神《ゆじん》教会に連れていくわ。だから、少しだけ待ってて。……あいつを殺すから」

俺をゆっくりと寝《ね》かせ、ポラリスが立ち上がる。

「よくもエッセンを……殺すわ」

「ふふっ、できるの？　あんな大技を使ったあとで」

首を捻《ひね》り、二人の姿を視界に収める。

「ごめんね、エッセン様。とりあえず無力化させてもらったよ。処刑は確定だけどね」

「なにを根拠《こんきょ》に……」

「魔神教会の者とおぼしき男と言葉を交わし、殺せる状況のはずなのに見逃《みのが》してもらって？　彼が置いていった魔物を食べて、力をもらって？　客観的に見て、有罪でしかないよね～」

にこにことフェルシーが言う。

「だから、処刑！　確定！」

心底嬉《うれ》しそうにそう宣言した。

彼女は最初から俺を疑っていた。

監視と言いながら、殺すに足る証拠《しょうこ》が集まればすぐにでも処刑するつもりだったのだ。

「させないわ。あなた、せいぜい二桁《けた》程度の実力でしょう？」

「ランキングに照らし合わせればそうかな？　今のポラリス様は、それ以下に見えるけどね。二人とも処刑してあげようか？」

「会話は無駄ね。《ニブルヘイム》の中で私に敵《かな》うと思わないで。《氷雪断》」

「《結界弦》」

二人とも、完全に殺す気だ。

上級同士の本気の殺し合い……。どんな戦いになるのか、想像もつかない。

単純な強さなら、ポラリスのほうが上だろう。

しかしフェルシーは冒険者殺しの専門家。加えて、ポラリスは大技の後で疲弊《ひへい》している。

もしポラリスが負ける可能性があるのなら、止めないといけない。

「でも今の俺は……あれ？」

二人の高速戦闘を見ながら立ち上がろうとした時、違和《いわ》感に気が付いた。

「腕が……治ってる？」

先ほど、俺の腕はフェルシーに切断されたはずだった。その証拠に、肩から先の装備はないし、少し離れたところに腕が二本落ちている。

でも俺の腕を見ると、腕が当たり前のように生えていた。なんなら、戦闘でついた傷も消えて綺《き》麗《れい》になっている。

思い出すのは、昨日戦った魔物。

「まさか、《レイクサラマンダーの四肢《しし》》か……！」

発動してもなにも起きないから、どんなスキルなのか不明だった。そういえば、そのまま解除していなかった気がする。

まさか、切断された腕を治せるスキルだったとは……。ケガしたくらいじゃ治らなかったので、完全に切れないと発動しない可能性もある。

腹部のケガは今まで通り治っていないので、腕だけか？

色々試《ため》してみたいが、治らなかった時が危険すぎるのでやめておこう。基本、今までどおり治らないものと思って戦ったほうが良さそうだな。

「ポラリス、俺は大丈夫だ！」

「大丈夫なわけ……えっ？」

ポラリスがちらりと俺を見たあと、驚《おどろ》いて足を止めた。

フェルシーも戦闘をやめる。

「わお、やっぱ人間じゃないよ、君」

「それは俺も思う。でも、冒険者だ」

フェルシーの意見を覆《くつがえ》すのは、難しいだろう。

だが、戦って勝てるとも思えない。

ポラリスと一緒に逃げるか……？　いや、これ以上ポラリスに迷惑《めいわく》はかけられない。なら、俺だけでも……。

ポラリスが俺の隣に立って、レイピアを構える。

睨《にら》み合いの拮抗《きっこう》状態だ。

先に動いたのは……フェルシーだった。

「《結界弦》」

魔物をも容易《たやす》く切り裂く細い結界が、彼女の手の動きに合わせて宙を走る。

「《氷雪断》」

ポラリスは小技でそれに対応する。やはり、本調子ではなさそうだ。

二人の中央で、攻撃がぶつかり合う瞬間……。

「はい、そこまで」

結界と氷の狭間《はざま》に、一人の男が現れた。

男は両腕を広げ、それぞれの攻撃を受け止める。

「痛え！　わざわざ攻撃の間に出る意味なかったわ！」

がはは、と豪快《ごうかい》に笑うが、素手で二人の攻撃を受け止めたのにもかかわらず、傷一つついていない。

ラフな格好《かっこう》をした男だ。

無精ひげを生やし、髪《かみ》はボサボサ。服装は近所に買い物をしに行くような気楽さで、緊迫感《きんぱくかん》の欠片《かけら》もない。

唖然とする俺たちをよそに、男はポケットから煙草《たばこ》を一本取り出して咥《くわ》えた。

「やべ。忘れた。お前ら結界と氷かぁ。使えねえな」

頭をがしがしと掻《か》いて、俺を見る。

「おいそこのびっくり少年。火とか出せねえ？」

そう言って、俺に手を差し出す。

ポラリスとフェルシーが、同時に口を開いた。

「ギルドマスター……」

「また処刑対象が増えちゃった」

ギルドマスター……文字通り、冒険者ギルドのトップに君臨する人物だ。

冒険者ランキングがトップというわけではない。冒険者ギルドという組織を率いているのが、彼だということだ。

だが、彼もまた元冒険者。実力もなければ、武闘《ぶとう》派の冒険者たちをまとめるなんて到底できるわけがないのだから、当然かもしれない。

たしか、ギルドマスターのランキングは、最高5位……。今でこそ引退して下がったが、相当の実力者だ。

「おい、火出せるのか出せねえのかどっちだ」

実際に会うのは初めてだ。

なんというか……自由そうな人だ。

この期《ご》に及《およ》んで煙草の火のことを気にしていることからも、奔放《ほんぽう》な性格なのは明らかだ。

「……出せないっすね」

「ちっ。まあいいや」

全然よくなさそうである。

イライラした様子で煙草をポケットに戻す。そのまま、ごそごそとポケットを漁《あさ》った。

「おっ、あるじゃねえか！」

嬉しそうにマッチを取り出して、再び煙草を咥えた。火をつけて、目を閉じながらゆっくりと吸う。

「ふぅー、仕事中の煙草が一番うめえよな」

「人の仕事の邪魔しないでよ、ヒューゴー。エッセン様を殺さないといけないんだからさ」

「あー、わりいな。最近、喫煙者《きつえんしゃ》への当たりが強くて困るぜ。こないだうちの秘書もよ、煙草吸ってる時間は無給だとか言い出して」

「ボクの邪魔をするなら、処刑だよ？」

フェルシーが口癖《くちぐせ》のごとく処刑と言いながら、口角をにっと広げた。

イライラした様子のフェルシーだけど、ギルドマスターはどこ吹く風だ。

ポラリスは黙《だま》ったまま、冷静に二人を見つめている。

俺はその後ろで、ただただ困惑《こんわく》していた。

突然《とつぜん》乱入してきたギルドマスター。彼の目的がまったくわからない。

飄々《ひょうひょう》とするばかりで、真意をつかませない。

「ったく、氾濫が起きたっつーから、急いで走ってきたのによぉ。なんか面倒《めんどう》なことになってんなぁ。【氷姫《ひょうき》】がいるなら俺いらなかったよなぁ？　ポラリス」

「マスターが一番速く来られるでしょうからね。あいにく、氾濫は終わってしまいましたが、ご報告したいことが……」

「ああ、いい。そういうのは後で頼《たの》むわ。俺だけが聞いてもしゃーないし」

過去のこととはいえ、ポラリスよりも上のランキングに辿り着いた男だ。単独で氾濫を止めに来るほどの実力があるらしい。

「とりあえず、びっくり少年は俺が預かるわ」

「はい？」

俺は思わず聞き返す。

しかし返答はなく、気づいたら彼の肩に担《かつ》ぎあげられていた。

「待ってよ。教会に逆らうの？」

「マスター、待ってください。エッセンは私が……」

ポラリスとフェルシーが、同時にギルドマスターを止める。

「現場で決められることじゃねえだろ。あんたとしても、ちゃんと裁判やったほうがいい。世間の評判とかあんだろ？　殺しちまったら尋問《じんもん》もできねえし。それとも、俺たち三人相手に戦うか？　あ？」

「旅神教会を脅《おど》すんだ」

「教会じゃなくてあんたを脅してんだよ。ったく、どいつもこいつも。神子《みこ》ちゃんみたいに話わかる奴増えてくれねえかなぁ」

冒険者ギルドは教会に逆らえないと思っていたが……ギルドマスターは、案外強気だ。

この人は誰に対してもそうなんだろうけど。

「ギルドマスターの権限において、正式に裁判を求める。……っつーことで、裁判の日まで俺が拘《こう》束《そく》しまーす。誰かさんが殺しにこないように、秘密の場所でな。心配しなくても、裁判には連れてくから。ポラリスも、それでいいな？」

「待ってよ。なにを勝手に……」

「ニコラスの馬鹿《ばか》にもそう伝えとけ」

有無《うむ》を言わせず、ギルドマスターが話を進めていく。

ポラリスも、渋々《しぶしぶ》ながら了承《りようしよう》したようだった。

「待って、俺の意志は⁉」

裁判？　拘束？

勝手に話が進みすぎてついていけない。そもそも、俺はつい先日まで下級冒険者だったのだ。ギルドやら教会やら、上層部の話はほとんど知らない。

「んじゃ」

ギルドマスターは俺の疑問は無視して、俺を連れて走り去った。

……目にも留まらぬほどの猛《もう》スピードで。

五章　修業《しゅぎょう》

ギルドマスターの肩《かた》に担《かつ》がれて、どれだけ経《た》っただろうか。

正直、痛みと苦しみで時間なんて気にしている余裕《よゆう》はなかった。猛《もう》スピードで走るから重圧がすごいし、腹に食い込《こ》む彼《かれ》の肩は硬《かた》すぎて痛い。

ろくに目も開けていられないけど、ちらっと見た景色だと馬車より何倍も速い。

景色が恐《おそ》ろしい速度で通り過ぎていく。およそ生物が走れる速さではない気がする……。

その速度を生身で実現しているのだから、理解ができない。

「よし、ここだ」

全速力で走っていたギルドマスターが、急停止した。

慣性に従い、彼の背中に頭をぶつける。いや、走りながらも何度もぶつけていたけど。

そして、地面に投げ捨てられた。

「おえっ」

「おいおい、汚《きたね》えな」

「……もっと、丁寧《ていねい》に運んでくださいよ」

「ちゃんと殺さないようにゆっくり走ってやっただろ」

ゆっくり……これで……？

本気で走ったら殺しちゃうくらいの速度になるのか。

さすが元5位。凄《すさ》まじい戦闘《せんとう》能力だ。

ギルドマスターのギフトは、噂《うわさ》程度に聞いたことがある。基本的に秘匿《ひとく》体質の冒険者《ぼうけんしゃ》だが、有名人については戦闘を見られる機会も多い分、知れ渡《わた》っている者もいるのだ。

それに、彼については知られたところで関係ないという理由もあると思う。

記憶《きおく》が正しければ、彼のギフトは《超人《ちょうじん》》……ひたすらに身体能力が高いという、シンプルな能力だ。

本来であれば使い道のない中途半端《ちゅうとはんぱ》なギフトに終わるはずだったものだが、彼はそれを異常な鍛錬《たんれん》によって最強クラスに鍛《きた》え上げたと言われている。

「ところで……ここは？」

胃の中を全部出して、呼吸を落ち着かせる。口元を拭《ぬぐ》って、辺りを見渡した。

ジャングルだ。視界いっぱいに木が生い茂《しげ》っていて、じめじめとしている。

そして、少し先……そこには、結界が見えた。つまり、ここはダンジョンの入り口だ。

ギルドマスターが煙草《たばこ》に火をつけながら、ぶっきらぼうに答える。

「《太古の密林》、まあ、Bランクダンジョンだな」

「Bランク⁉　それって、上級じゃ」

「そうだな。まあ、中級が上級ダンジョンに入っちゃいけないっていうルールはねえし。……いや、ギルド的にはあったか？　まあ、入れねえわけじゃねえ」

たしかに、旅神の結界自体は冒険者であれば誰《だれ》でも通れる。

だが、上級ダンジョンともなれば魔物《まもの》の強さは跳《は》ね上がる。今の俺《おれ》が入るのは、自殺行為《こうい》だ。

「いや、そもそもなんで入る前提で話が進んでいるんですか？」

「あ？　入らない選択肢《せんたくし》はねえぞ」

「ええ……。まあ、ギルドマスターがいれば大丈夫《だいじょうぶ》だとは思いますけど」

「俺は入らん。やることがあるからな」

「……それじゃあ、俺一人で？」

それは、さすがに死ぬ。

ここまで急展開で、どうして俺がここにいるのかもわかっていないんだ。

いずれ挑《いど》むつもりとはいえ、もっと強くなってからにしたい。

そう思って反対しようとしたら、ギルドマスターが眉間《みけん》に皺《しわ》を寄せ、俺を睨《にら》んだ。

「お前、自分の立場わかってんのか？」

鋭《するど》い声だった。

思わず、言葉を詰《つ》まらせる。

「甘《あま》えたことばっか言ってんじゃねえよ。お前は既《すで》に異端《いたん》として認定され、処刑《しょけい》がほぼ確定した。裁判まで保留になっただけでも万々歳《ばんばんざい》の状況《じょうきょう》だろうよ。俺も動いてはみるが……おそらく、これは覆《くつがえ》らねえ。こうして、時間を稼《かせ》ぐのが関の山だろうよ」

「それは……。でも、俺にはやましいことはなにもない」

「証明できれば、な。無理だとは思うが」

てっきり、ギルドマスターは俺を助けてくれたのだと思った。

いや、助けてはくれたのだろう。だから、ここに連れてきてくれた。彼が来なければ、その場でフェルシーに殺されていただろうから。

だが、彼にも立場がある。

一旦拘束《いったんこうそく》して、その後に引き渡される流れのようだ。

「それじゃあ、俺を逃《に》がさないためにここに……？」

「半分正解だ。このジャングルは、ダンジョンの外だとしてもそうそう脱出《だっしゅつ》できる場所じゃねえ」

「そうですか……。ん？　半分？」

「ああ。もう半分は……お前に、強くなってもらうためだ」

「強くなってどうするんですか……」

強くなる。処刑が決まっているのに、強くなってなんの意味があるのだろうか？

俺は冒険者として上に行って、ポラリスと一緒《いっしょ》に戦いたいだけなのに……。なぜ、こんなことになってしまったんだ。

ただ死を待つだけだなんて……。

「おい、話は最後まで聞け」

ギルドマスターに拳《こぶし》で頭を叩《たた》かれた。

本人としては手加減したつもりだろうが、割れるように痛い。……いや、普通《ふつう》に血出てるわ。額から血が垂れてきた。

……まあ、おかげで少し冷静になったけど。

「俺はお前を公式に守ってやることはできねえ。いや、俺だけじゃなく誰にも、な。そのくらい、お前は限りなく黒だ。俺でも、別に白だと信じてるわけじゃねえしな。……だから」

　ギルドマスターは言葉を止めて、歯を見せて笑った。

「強くなって己《おのれ》の存在価値を示せ。自分は役に立つのだと証明しろ」

「……黒かもしれないのに？」

「処刑するより生かしておいたほうが得かもって思わせるんだよ。魔神教会の企《たくら》みは、おそらく最終段階に入ってる。なにするか知らねえが……あいつらが魔物を自在に操れるのだとしたら、冒険者側の戦力は多いほどいい」

　現に、迷宮《めいきゅう》都市の中にヴォルケーノドラゴンを出現させた。人為《じんい》的に氾濫《はんらん》を起こしてみせた。

　これが、同時多発的に起きたら？

　それぞれに対処するため、強力な冒険者が何人も必要だ。

　その一人に俺がなれ。そう言うのだろうか。

「三日だ。三日後、俺がまた迎《むか》えにくる。護送の名目でな。手続き云々《うんぬん》で時間を稼ぐのも、三日が限界だ」

「三日……」

「それまでに強くなれ。誰にも文句を言わせねえくらいにな」

　ギルドマスターが腕《うで》を組んで、言い放った。

　強く……。

もし上級ダンジョンを乗り越《こ》えることができたら……その時、俺は大幅《おおはば》に成長していることだろう。

なにを弱気になってたんだ俺は。

上級ダンジョンは、いつか越えなければならない壁《かべ》。早いか遅《おそ》いかの違《ちが》いでしかない。

ここで戦わなければ、どのみち死ぬ。なら、死ぬ気で戦ってやろう。

「わかりました」

「根性ある奴《やつ》は好きだぜ」

ギルドマスターがにっと笑って、俺の肩を叩いた。

……あれ？　肩から鳴ってはいけない音が鳴った気がする……。

「じゃあ、逃げんなよー」

そう言って、ギルドマスターが辛《かろ》うじて目で追えるくらいの速度で走り去っていった。

「相変わらず速いな……」

《超人》……単純にして最強の能力だ。最初はあんなに高い効果はなかったらしいけど、ギフトの成長は無限の可能性を持つ。

ギフトを重ね掛《が》けした武者《むしゃ》よりも身体能力が高そうだ。

あれで5位が最高だったのだから、1位はいったいどんな化け物なのかと思う。

「ともかく……強くならないとな」

逃げる選択肢もある。

だが、逃げてどうする？　それは、冒険者をやめることと同義だ。

逃げて虚《むな》しく生きるくらいなら……冒険者として死ぬ。

「もちろん、死ぬ気はないけどな！」

Bランクダンジョン、絶対乗り越えてやる。

『ご武運を』

旅神の声は、上級でもなにも変わらない。

《太古の密林》……聞いたことのないダンジョンだ。どんな魔物が出てくるのかすら、想像がつかない。

ダンジョンの中も、外とあまり変わらない光景だった。

木々が所せましと密生していて、地面には苔《こけ》がびっしりと生えている。日はちらほらと差し込むばかりで、視界は悪い。

「……ていうか、魔物はともかく三日間生き延びないといけないんだよな。マジックボトルがあってよかった」

《静謐《せいひつ》の淡湖《たんこ》》のボス攻略報酬《こうりゃくほうしゅう》であるマジックボトルは、空のはずなのに無限に水が出る。これのおかげで、飲み水には困らない。

「食糧《しょくりょう》はほとんどないけど……魔物を食べればいいか！」

もはや、魔物を食べることにはなんの抵抗《ていこう》もない。

だって俺のギフト、魔物食べても腹を下すことはないし。

まずは魔物を見つけないと話にならない。

慎重《しんちょう》にダンジョンを進んでいく。

「そういえば、最後に魔物の名前だけ教えてもらったな」

ギルドマスターが最後に言い捨てていった、魔物たちの名前を思い出す。

名前だけではあまり想像がつかないが、たしか……。

「グガガガァ」

考えながら歩いていると、少し先に魔物を発見した。

姿かたちは人間に近い。だが、身長は俺の三倍以上あり、筋肉が大きく膨《ふく》れ上がっている。顔は醜《みにく》く、大きな牙《きば》と角が生えていた。手には巨大《きょだい》なこん棒を持っている。

「エンシェントオーガか……！」

人形の魔物は初めてだ。だが、どう見ても人間には見えないので戦うのに抵抗はない。

問題は……こいつが上級の魔物であること。一筋縄《ひとすじなわ》ではいかないだろう。

「強く、ならなくちゃな」

《魔物喰《く》らい》の真の能力に気が付くまで、俺は最弱の冒険者だった。

一番ダメなのは、弱い自分を受け入れてしまっていたことだ。使えない能力だから。仕方がないから。才能がないから。そうやって、自分を誤魔化《ごまか》していた。

それでも、諦《あきら》められなかった。

意地汚く冒険者という職業にしがみついていたからこそ、今の俺がある。

あの頃《ころ》よりは強くなったと思う。

でも、まだまだだ。

「俺は弱い。でも……諦めの悪さだけは、誰にも負けるつもりはない」

処刑？　お断りだ。

俺はランキング1位になるまで、諦めるつもりはまったくない。

魔物を前にして、ようやく闘志《とうし》の火がついてきた。

「上級だろうと――喰らってやるよ。《健脚《けんきゃく》》《鋭爪《えいそう》》《刃尾《じんび》》《三叉《さんさ》》《炯眼《けいがん》》」

スキルを発動して、エンシェントオーガに肉薄《にくはく》する。

尻尾《しっぽ》が二本。それぞれ、問題なく動かすことができた。

「グガァ」

隙《すき》をついたつもりだった。

だが、エンシェントオーガは俺の接近に気づき、振《ふ》り向きざまにこん棒を振るってくる。身体の大きさに似合わぬ俊敏《しゅんびん》さだ。

「くそっ！」

横にステップして躱《かわ》す。しかしその動きすら読まれていたのか、着地に合わせて蹴《け》り上げてきた。

「《天駆《てんく》》」

なんとか回避《かいひ》して、距離《きょり》を取る。

身体の大きさに差がありすぎる。そして、予想以上に知能と戦闘センスが高い。

「グガガガ」

俺が飛びのいたのを見て、すかさず追撃《ついげき》してきた。

エンシェントオーガは大きく一歩踏《ふ》み込み、こん棒を横薙《よこな》ぎに振るう。

受け止めるのは無理だ。

「《銀翼《ぎんよく》》」

エンシェントオーガは大きいが、それより上に逃げれば……。

ふと、なにかに足が引っ掛《か》かった。

「えっ……?」

飛び上がるのに失敗して、バランスを崩《くず》す。

膝《ひざ》をついて体勢を立て直す頃には、こん棒が間近に迫《せま》っていた。

「……っ、《角兜《つのかぶと》》《大鋏《おおはさみ》》」

咄嗟《とっさ》に頭を兜で覆《おお》う。盾《たて》代わりの大鋏でこん棒を受けた。

全身に衝撃《しょうげき》が襲《おそ》う。

俺はそのまま弾《はじ》き飛ばされ、受け身も取れないままなにかに激突《げきとつ》した。

「がは……っ」

まずい、肋骨《あばらぼね》が何本か折れた。

それだけじゃない。攻撃《こうげき》を受けた腕も痛いし、頭も殺しきれなかった衝撃でぐらぐら揺《ゆ》れている。

「カタカタカタ」

背後から、骨がぶつかり合うような音が聞こえた。

「しゅるしゅる」

さっきまで俺が立っていた場所には、地面から伸《の》びた茨《いばら》のような蔓《つる》がゆらゆらと踊《おど》っていた。

「エンシェントフォッシルに、エンシェントプラント……」

俺の足を拘束し飛ぶのを妨害《ぼうがい》した植物の魔物、エンシェントプラント。

吹《ふ》き飛ばされぶつかったのは、巨大な恐竜《きようりゆう》の骨、エンシェントフォッシル。

《太古の密林》における三体の魔物が、同時に俺を取り囲んだ。

「は、はは……」

乾《かわ》いた笑いが口から零《こぼ》れる。

エンシェントオーガだけと戦っているつもりが、いつの間にか囲まれていた。

しかも……明らかに、エンシェントオーガとエンシェントプラントは協力していた。

「冗談《じようだん》だろ……」

一体でもきついのに、三体に囲まれてしまった。

どうする？　一回なんとかして離脱《りだつ》するか？

全身はボロボロで、ロクに動かせもしない。

だが、このままでは死を待つだけだ。

「グガガ」

「……っ⁉」

当然、相手は俺の回復を待ってはくれない。

正面から、エンシェントオーガがこん棒で殴《なぐ》り掛かってきた。

「しゅるしゅる」

地面を這《は》って、エンシェントプラントが近づいてくる。

エンシェントプラントは、見た目はただの植物だ。

本体は大きな白い花。オーガの少し手前で咲《さ》き誇《ほこ》る本体から、何本もの蔓を伸ばしている。倒《たお》すなら、本体を叩かないといけないだろうけど……蔓が常に周囲を守っているから、近づけそうにない。

エンシェントフォッシルは、四足歩行の巨大な動物……の骨だった。肉や皮の類《たぐい》は一切《いっさい》なく、ただ骨だけが動いている。

身体を構成する骨は金属のように光沢《こうたく》があり、背中には板状の刃のようなものが一列に並んでいた。頭は大きく、角が生えている。

《安息の墓地》にはセメトリースケルトンという骨の魔物がいる。こいつもその類だろう。

「グガガァ！」

状況を把握《はあく》している間に、オーガが接近してきた。

「動くしかない……ッ」

痛む身体に鞭《むち》うって、なんとか起き上がる。

大丈夫、痛いけどまだ動く。

次は足元を取られないよう気を付けて、ギリギリで回避する。

「カタカタカタ」

こん棒を避《よ》けたら、次はフォッシルだ。

動きは速くない。だがその硬い巨体は、それだけで脅威《きょうい》だ。

「《雷掌《らいしょう》》」

角による一撃を回避し、試《ため》しに電撃を流し込んでみる。

「《大鋏》」

首元のなるべく細い骨を選んで、切断を試みる。

しかし……。

「……まったく効いてないな」

唯一《ゆいいつ》攻撃する隙があるのがフォッシルだったが……防御力《ぼうぎょりょく》が高すぎて、攻撃が通らない。

骨しかないから、つまりは身体全《すべ》てが攻撃を通さないことになる。弱点もなにもなさそうだ。

「しゅるるる」

「《鋭爪》《刃尾》」

俺に巻き付こうとしてきた蔓を切り刻む。

幸い、こちらは速くも硬くもない。ただし、いくら切っても無限に湧《わ》いてくる。

「どうする……!?」

巨大な魔物たちにとって、俺の存在など取るに足らないだろう。一番小さいプラントですら、俺の二倍はある。

それでも、油断などせず全力で殺しにくる。……これが、上級の魔物か。

「いや、俺はヴォルケーノドラゴン……A級にも勝ったんだ」

一人で勝ったわけではないけど。

A級に通用して、こいつらに勝てない道理はない。

考えながら、ひたすら回避を繰《く》り返す。

《炯眼》のおかげで、三体を相手にしても死角はない。

不意さえつかれなければ、今の俺でもなんとか対応できる。

しかし……それは万全《ばんぜん》の状態だった場合だ。

「くっ……」

肋骨が痛む。

全身の痛みで、一瞬《いっしゅん》意識が飛びそうになった。……そういや、ギルドマスターにも大分ボロボロにされたよな。生き残ったら文句言おう。

……生き残ったら、だけど。

「グガァ」

意識を失った一瞬で、オーガのこん棒が上段から振り下ろされていた。

これは、避けられない。

「《鱗甲《りんこう》》ッ」

辛うじてスキルだけ発動して……こん棒をまともに受けてしまった。

目の前が真っ暗になる。

意識が朦朧《もうろう》とし、身体の感覚すらない。

動かないといけない。でも、動けない。

これは死んだか……？

この間にも、三体の魔物が俺に追撃しようと動きだしているだろう。確実に息の根を止めるために。

動けない以上、俺はこのまま殺されるしかない。

ああ、これで終わりなのか。

ポラリスとの約束……守れそうにないな。

——喰らえ。

最近は本当に楽しかった。これでポラリスに追いつける、って。四年間の遅《おく》れを取り戻《もど》すために、我武者羅《がむしゃら》に戦った。

でも、土台無理な話だったのだ。

多少戦えるようになったところで、俺には……。

——喰らえ。

この声、どこかで聞いたことがある気がする。

——喰らえ。

そうだ。初めて《魔物喰らい》の能力に気が付いた時。フォレストウルフに襲われながら、この声を聞いた。

——全ての魔物を喰らえ。此《こ》れは、魔神をも喰らえる力なり。

どういうことだ？

そしてなぜ、突然《とつぜん》声が聞こえてきた？　今さらそんなこと言われても、俺はもう死ぬというのに……。

もしかしたらもう死んでいるのかもしれない。

『私、待ってるから』

喰らえ喰らえとうるさい声の代わりに思い出したのは、ポラリスの言葉。

最下位でくすぶっていた俺を見捨てず、ポラリスは待つと言ってくれた。

今も、待ってくれているはずだ。

……やっぱ、死ねないよな。

――魔神を喰らえ。今回だけ力を貸す。

ポラリスの隣《となり》に立つためなら……。

ああ。魔物も魔神も、俺が喰らい尽《つ》くしてやるよ。

「《魔物喰らい》」

『ギフト《魔物喰らい》が進化しました』

ギフトと同じ名前のスキルを、発動する。

なぜだか、使い方が手に取るようにわかった。

「グガガガァ！」

「カタカタカタ」

「しゅるるる」

意識が戻った時、ちょうど三体から攻撃される瞬間だった。

良かった。まだ死んではいないみたいだ。

「ほら、喰らっていいぞ」

俺がそう言うと、口の中に違和《いわ》感が生まれた。

喉《のど》の奥《おく》からなにかが出てくる……。

物質ではない。黒い、影《かげ》のような塊《かたまり》だった。煙《けむり》のように空中に漂《ただよ》うと、やがて形を成してくる。

『いただきマス』

俺が言ったのか、こいつが言ったのか。

俺の口から出てきたのは、いわば《魔物喰らい》……ギフトそのもの。

影は三体の魔物に一瞬にしてまとわりつくと……同時に喰らいついた。

『スキル《エンシェントオーガの剛腕《ごうわん》》《エンシェントプラントの花茨《はないばら》》《エンシェントフォッシルの骨鎧《こつがい》》を取得しました』

身体に、スキルが流れ込んでくる。

『ごちそうサマ』

身体の中に、《魔物喰らい》が戻っていった。

よろめきながら立ち上がる。

「グガァ？」

オーガが困惑《こんわく》して、動きを止めている。

殺してはない。力だけ奪《うば》った。

「《大牙》《吸血》」

その隙に、オーガに食らいつく。

身体が大きいだけあって、《吸血》でかなりの回復ができた。

さすがに骨までは治らないが、傷が塞《ふさ》がり血が戻ったのを感じる。

「グガァ！」

オーガの太い腕に捕《つか》まる前に、急いで離《はな》れる。

間合いを取りながら、口についた血を拭った。

「試してないことがある。いや、今思いついたんだけど」

なぜだろう。

ギフトの使い方が、さっきより克明《こくめい》にわかる。

スキルは発動するだけじゃない。もっと、上手《うま》い使い方もあるのだ。

対《つい》となるギフト《人間喰らい》を持つ、武者がやっていたではないか。

「《骨鎧》《鱗甲》《角兜》《剛腕》《黒針》《鋭爪》《健脚》《刃尾》《三叉》《足跡《あしあと》》」

複数のスキルを身体に纏《まと》う。

だが、発動の仕方は今までとは違う。それぞれ別に宿すのではなく……重ね合わせる。

「魔装――《魔王の鎧》」

すなわち、スキルの融合《ゆうごう》である。

《エンシェントフォッシルの骨鎧》は、骨を鎧のように纏う能力だった。外骨格としてかなりの防御力を誇るが、隙間《すきま》があり防御は完璧《かんぺき》じゃない。

その上に、《鱗甲》を張り付ける。鱗《うろこ》が重なり合い全体を覆うことで、隙間もなくなる。目元と鼻だけを残して、全身を鱗で覆った。

他のスキルも、《骨鎧》と一体化するような形で融合させ、一つの鎧となった。

足は《足跡》と《健脚》で、腕は《剛腕》で肥大化しているため、身体が一回り大きくなっている。

《黒針》と《角兜》、そして《鋭爪》を融合させることで、各部位を補強する。肩、頭、拳がそれぞれ硬くなった形だ。

《刃尾》と《三叉》をそれぞれ生やせば、背後にも隙がない。

「ずいぶん禍々《まがまが》しい鎧だな……。いよいよ人間らしくない」

鎧は鎧だけど、全体的に魔物感がありすぎてただの化け物である。

表面は赤い鱗で脈打ってるし、背後には尻尾が二本蠢《うごめ》いている。

まあ、見た目が悪いのは今に始まったことじゃないし……。

「グガガガガァ」

我に返ったエンシェントオーガが、再びこん棒を振りかぶる。

さっきは避けるので精一杯《せいいっぱい》だった攻撃だ。

今度はそれを……正面から受け止める。

「グガァ!?」

オーガの太い両腕で全力で振り落とされた、巨大なこん棒。

それを俺は、おもむろに開いた左手一本で受け止めた。

《鱗甲》を使っても意識を飛ばしてきたレベルの威力《いりよく》だった。

「敵じゃない」

攻撃さえ防げるなら、デカイだけの魔物だ。

拳を握《にぎ》りしめ、オーガの腹にめり込ませる。ついでとばかりに、《三叉》で腹を貫《つらぬ》いた。

「しゅるるる」

オーガの巨体で視界が塞がった隙を狙《ねら》って、エンシェントプラントが蔓を伸ばしてきた。

オーガの懐《ふところ》から抜《ぬ》け出し、プラントの蔓を視界に収める。オーガの陰《かげ》から、数えきれないほどの蔓が躍《おど》り出た。

　それぞれが鋭い棘《とげ》を持ち、人を捻《ひね》り殺せるほどの太さを持っている。

「《炯眼》《邪眼《じやがん》》《咆哮《ほうこう》》」

　スキルの組み合わせは、《魔王の鎧》だけではない。

「魔装――《鬼呪《きじゆ》の波動》」

　この魔装に、特別な動きはいらない。

　ただ視界に入れるだけ。それだけで……。

　全てが石化する。

「しゅる⁉」

　蔓が一本残らず石化し、ぼろぼろと崩れ落ちた。

《邪眼》が持っていた効果範囲《はんい》の制限は《炯眼》で、効果の弱さは《咆哮》で補った。

　結果、プラントの蔓を全て無力化することに成功した。

「終わりだ」

　プラントも同じく、接近して叩き潰《つぶ》す。

　茨の壁も、石化で簡単に砕《くだ》けた。さすがに本体に石化は通用しないようだが、蔓さえ消せれば敵ではない。

「カタカタカタ」

「あとはお前だけだな」

　エンシェントフォッシル。

鋼鉄のように硬い骨で構成された魔物で、一体どうやって動いているのかさっぱりわからない。

身体全てが硬いので弱点が見当たらないが……。

「《星口》《雷掌》《空砲《くうほう》》」

左手をフォッシルに向ける。

「魔装——《迅雷砲《じんらいほう》》」

手のひらの中央に、禍々しい口が現れた。大きく開かれた口から放出されたのは、雷が凝縮《ぎようしゆく》された弾丸《だんがん》だ。

ばちばちと音を立てながら、やや遅い弾速でフォッシルに向かう。

命中した瞬間……轟雷《ごうらい》を響《ひび》かせて、弾丸が爆《は》ぜた。

「カタ……」

爆雷はエンシェントフォッシルの頭蓋骨《ずがいこつ》を大破させ、息の根を止める。……元々呼吸してないけど。

三体とも絶命していることを確認《かくにん》し、ほっと息をつく。

「勝った……」

スキルを解除し、マジックボトルで喉を潤《うるお》す。

《鱗甲》を発動していたはずなのに、それほど疲労感《ひろうかん》はない。

「スキルの融合、か」

さっきまで力が漲《みなぎ》っていた手を開いたり閉じたりして、感覚を確かめる。

まるで自分じゃないみたいだ。ただスキルを使うだけよりも、何倍もの力を出すことができた。

B

ランクの魔物を一方的に蹂躙《じゅうりん》できるくらいに。

信じられないと同時に、この手にはたしかに感触《かんしょく》が残っている。

すぐにでも、もう一回発動することができるだろう。

「これがギフトの進化……」

上級に達するような冒険者は、誰でも経験することだという。

それは、ただ能力が上がったりスキルが増えたりするだけではない。

ギフトそのものが一段階アップグレードされ、さらに上位のものに生まれ変わる。そのレベルの変化がもたらされるのだ。

「……結局、さっきの奴が何なのかはわからなかったけど」

声の主。そして、口から出てきた黒い《魔物喰らい》。

あれのおかげで助かったけど、出方が怖《こわ》すぎる。もしかして、俺の体内にあんなのがいるの……？

いよいよ人間じゃないな。

ともあれ……ギルドマスターとの約束通り、強くなることができた。

だが、まだ終わりじゃない。

三日間生き延びる必要があるのだから。

「マジックボトルの水とオーガの肉で腹を満たすかな。……硬くてまずそうだな」

人形をしていることは考えないことにする。顔はとても人間には見えないし、二足歩行しているだけの猪《いのしし》みたいなものだ。

そう考えると美味《おい》しそうだな。

「よし、休憩《きゅうけい》終わり。三日間でどんだけ倒せるかな。……《魔王の鎧》」

俺はそのまま……三日間の修業を再開した。

＊＊＊

「おいおい、こりゃどういう光景だ？」

ギルドマスターの声が聞こえた。

「なんだ、もう三日経ったんですね」

俺は魔物の死骸《しがい》の山から顔を出して、ギルドマスターを見る。

無我夢中で戦っていたら、三日が経っていたらしい。

正直、戦うたびに強くなる感覚が楽しすぎて時間を忘れていた。《吸血》のおかげで体力がつきることはないし、日夜を問わず戦いに身を投じ続けた。

おかげで、魔装はほぼ完全に使いこなすことができるようになったと思う。

ちなみに、服はぼろぼろだったのでマジックバッグに入れてあったスペアに着替《きが》えた。ヴォルケーノドラゴンの時に消し飛んだので、次もあるだろうと余分に用意してくれたリュウカに感謝だな……。

「ん？　この死骸……嘘《うそ》だろ。全部——」

ギルドマスターが俺の背後を見て、目を丸くした。

そこらに転がっているのは、ある魔物の頭部だ。その数、二十八。

「《密林》のボス、エンシェントティラノじゃねえか……」

「こいつの牙は高く売れそうだったので、三日間で何周できるか挑戦《ちょうせん》してました」

「ボスだぞ？　上級の。俺でも三日でこの数は無理だ」

ギルドマスターが頬《ほお》を引きつらせて言った。

その後、口を大きく開けて笑いだす。

「がははは、期待以上だ！　逃げてるか死んでるかのどっちかだと思ったが……まさか本当に強くなってるとはなぁ！」

「死ぬところでしたよ……」

「だが、乗り越えたんだろ？」

彼が嬉《うれ》しそうに歯を見せながら、真っすぐ俺を見る。

俺が黙《だま》って頷《うなず》くと、ばしっと肩を叩かれた。

「よくやった。気に入ったぜ」

「……この前より強く叩いてません？」

「ははっ、もう手加減はいらなそうだ」

咄嗟に《骨鎧》を一部だけ発動しておいてよかったよ……。

じゃなきゃ、今ごろ肩が吹き飛んでいたところだ。スキル発動前の俺は、ただの人間なんだから。……この人と違って。

そうだ、ダンジョンに入る前から誰かのせいでボロボロだったことを文句言わなければ……。

口を開きかけたけど、その前にギルドマスターが気まずそうに頬を掻《か》いた。

「けど、悪いな……」

「え？」

「止められなかった」

ギルドマスターが、親指で己の背後を指差した。

その先を目で追うと……ちょうど、ぞろぞろと人が現れてきた。

銀と青を基調とした、法衣姿。

「旅神教会……」

大勢の神官たちだ。

そして彼らの中央にいるのは、上級神官、フェルシーである。

「君の処遇《しょぐう》が決まったよ。エッセン様」

目を大きく見開いて、嗜虐《しぎゃく》的な笑《え》みを浮《う》かべた。

「すぐに拘束、投獄《とうごく》。そして明日……異端審問《いたんしんもん》にかけます」

異端審問……旅神教会によって行われるそれは、冒険者にとって死の宣告と同義である。

特に俺の場合、許されるとは思えない。

「断ると言ったら？」

「今殺すよ。この前とは立場が逆だね？　この人数相手に、勝てると思う？」

俺とギルドマスターを前にしても、この余裕。

フェルシーだけでなく、背後の神官たちも相当の実力者たちなのだろう。

それも、対冒険者のプロフェッショナル。

「なあ、一応言っとくけど、こいつの戦力は結構貴重だぜ？　ほら、Ｂランクのボスにこんな余裕で勝てる奴、上級にもなかなかいねえしよ」

「ヒューゴー、それを言いたいがためにこんな小細工したの？　その戦力はそのまま、敵になった時の被害《ひがい》の大きさってことになる。見逃《みのが》す理由になると思う？」

「ま、だよな」

ギルドマスターはあっさりと引き下がった。

フェルシーの説得は不可能だと判断したんだろう。実際、フェルシーが自分の考えを曲げるようには見えない。

「せめて公的に審判《しんぱん》してもらうようにするのが精一杯だった。悪いな」

ギルドマスターが、こっそり俺に耳打ちする。

この三日で、彼はかなり動いてくれたらしい。

「いえ、それだけでもありがたいです」

「神官どもは頭が固いが、教会には神子《みこ》ちゃんがいる。あの子がいれば、もしかしたら助かるかもな」

「神子ちゃん……？」

「旅神の申し子だ。俺もよく知らねえけど、とにかく、教会で一番権力を持ってる。んで、話がわかる」

それが唯一の生存方法ということか……。

今でこそ審判のために見逃してもらえているが、旅神教会から逃げれば加護の取り消し……つまり、ギフトの消滅《しょうめつ》という結果が待っている。旅神教会にはそれができるのだ。

だから、ここは従うしかない。

「……色々動いてもらったみたいで、ありがとうございます」

「おう。俺は夢を追う若者の味方だからな」

「似合わないっすね」

「よく言われる」

がはは、とギルドマスターが豪快《ごうかい》に笑った。

「なにを話してるの？　逃げる算段でもしてる？」

「まさか。早く連れてってくれ」

「ふふっ、諦めたみたいだね」

俺が神官たちに近づくと、全員で俺を取り囲んだ。そして、首に謎《なぞ》のリングを嵌《は》められる。

瞬間、自分の中にあるギフトが感じられなくなった。……いや、かすかに残ってはいる。だが、発動まではできなそうだ。

なるほど、これはギフトを封《ふう》じ込めるためのものか。お誂《あつら》え向きの道具だな。

「じゃあ、余生を楽しんでね」

「必ず無実を証明する」

「必ず処刑してあげる！」

フェルシーの結界によって拘束され……俺は、旅神教会の馬車で連行された。

旅神教会によって拘束された俺は、夜に迷宮都市に辿《たど》り着き、そのまま幽閉《ゆうへい》された。

目隠《めかく》しをされていたから、正確な場所はわからない。

迷宮都市のどこかであることはたしかだろう。神官たちの口ぶりからして、おそらく旅神教会の関連施設《しせつ》にある牢獄《ろうごく》……。

つまり、異端審問にかけられる罪人の留置所である。

「……汚いな」

目隠しは外された。

天井《てんじょう》付近から差し込むわずかな光が、牢《ろう》の中を薄《うつす》らと照らしている。

無骨な鉄格子に、土がむき出しの地面。舞《ま》う砂ぼこりと、汚《よご》れた壁。

全てが劣悪《れつあく》な環境《かんきょう》だ。

座《すわ》っているだけでも息苦しくなる。

ギフトを封印《ふういん》する拘束も外されたのに、スキルは発動できない。おそらく、この牢獄自体がギフトの効力を抑《おさ》え込んでいるのだろう。

元よりそのつもりはないが、脱獄《だつごく》は不可能だ。

冒険者に対する、旅神教会の絶対的な立場を実感する。

実際にダンジョンで戦うのは冒険者なのに、ギフトを与《あた》え、また管理するのは全て旅神教会だ。旅神の名のもとにというお題目があれば、どんなことだって許されてしまう。

半ば言いがかりに近い形でギフトを剥奪《はくだつ》されたり、あるいは処刑された冒険者の話は何度も聞いたことがある。

フェルシーの態度を見ても、その噂は間違いではなかったのだろう。

……まあ、俺の場合は完全に潔白とも言い難《がた》いんだけど。

魔物のスキルを使えるなんて、一般《いっぱん》的に考えればありえないし、悪だと判断されても不思議ではない。

魔物は絶対悪。それは常識だ。

その教義によって、迷宮都市が成り立っているとすら言える。

俺だって、自分の身のことでなければ猜疑心《さいぎしん》を持ってしまうかもしれない。

「……でも、俺は無実だ」

それだけは、自信を持って言える。

どれだけ疑わしくても、俺は間違ったことは一つもやっていない。

ただ冒険者として強くなりたい。あるのは、その強い気持ちだけだ。

魔神教会がどうとか、教義がどうとか、俺には関係のないことだ。

大切なのは、ポラリスとの約束だけ。

「絶対に無実を証明してやる」

処刑されるために大人しく捕まったわけじゃない。

これからも堂々と冒険者を続けるために、無実の証明をしに来たんだ。

大丈夫。俺にやましいことはなにもないのだから。

「無実の証明？　はっ、薄汚い魔物が偉《えら》そうに」

カツカツと靴底《くつぞこ》を鳴らして、誰かが牢に入ってきた。

「まったく。この者の罪は明白なのですから、最初から拘束していればよかったのです！　ギルドマスターが余計な口を挟《はさ》んだせいで、わざわざ証拠《しょうこ》を押《お》さえる手間が増えました」

「……誰だ」

「発言は許可していませんよ。《魔物の男》」

顔を上げて、男を見る。

法衣の装飾《そうしょく》の多さから、かなり高い地位の神官であることが窺《うかが》えた。後ろに控《ひか》える神官ですら、フェルシーよりも格上に見える。

「あなたは神子様のご厚意だけで生かされていることを理解しなさい。以後、余計な口は慎《つつし》むように」

「神子……」

「言われたことが理解できないとみえる。なるほど、人の形をしていても、所詮《しょせん》は魔物の知能というわけですか」

ふん、と鼻を鳴らしながら、男が嫌味《いやみ》を言ってくる。

言い返したい気持ちを抑え、押し黙る。ここで反抗《はんこう》しても、心証が悪くなるだけだ。

……既にこれ以上ないくらいに嫌《きら》われているようだが。

ギルドマスターが言っていた。神子は事実上の最高権力者であり、旅神教会の中で一番話がわかると。

俺が幽閉されているとはいえケガもしていないのは、神子とやらのおかげらしい。会ったこともないけど、感謝しないとな。

「私は神官長ニコラス。これより、《魔物の男》の尋問《じんもん》を執《と》り行う」

厳粛《げんしゅく》な口調で、ニコラスが言った。

神官長……名前の通り、神官たちのトップか。

わざわざ神官長が出てくるあたり、相当危険視されているらしい。

「魔神教会との関係を洗いざらい吐《は》きなさい！」

「関係は一切ない」

「大人しく自白するべきですよ。苦しみたくなければね」

ニコラスが俺のいる牢に、一歩踏み出した。

後ろに控える神官たちも、目を吊《つ》り上げて俺を睨んだ。

敵しかいないな……。

「俺は、冒険者だ」

腰《こし》を据《す》えて、彼らに宣言する。

それ以上でも以下でもない。

冒険者であること。俺の生きる意味だ。

それから……朝まで続く長い尋問が始まった。

六章　裁判

《魔物《まもの》の男》が投獄《とうごく》されたというニュースは、夜明けとともに迷宮《めいきゅう》都市を駆《か》け巡《めぐ》った。

それは一種のプロパガンダでもある。

汎濫《はんらん》発生が知らされたのが、つい先日のこと。その前にはヴォルケーノドラゴンが下級地区で暴れたという事件もあり、耳が早い者には魔神教会の存在まで噂《うわさ》されていた。

そんな中で、民衆の中には旅神教会や冒険者《ぼうけんしゃ》ギルドへの不信感を持つ者も少なくない。

迷宮都市はダンジョン産の資源によって潤《うるお》う大都市であると同時に、魔物の危険に最も晒《さら》される危険地帯でもある。

今まではよかった。

冒険者によって安定して魔物が討伐《とうばつ》され、彼《かれ》らによって安寧《あんねい》と資源がもたらされる。その好循環《こうじゅんかん》がうまく回っていたからだ。

しかし、近頃《ちかごろ》の事件があったことで、それが思っていたよりも危《あや》ういものだったと知れ渡《わた》った。

民衆がパニックになるのも時間の問題だ。現に、身軽な者や豪商《ごうしょう》などはすでに別の都市への移住を始めている。

そこで、事件は収束に向かっているというアピールのために使われたのが……《魔物の男》の投獄というニュースだった。

「おい、《魔物の男》が元凶《げんきよう》らしいぞ」

「やっぱり、そうだと思ってたのよ！　ドラゴン騒《さわ》ぎの時に見た、あのおぞましい姿……」

「ああ。捕《つか》まってくれてよかったぜ……」

迷宮都市のあちこちで、そんな会話が繰《く》り広げられた。

事件はあった。しかし、既《すで》に解決した。

下手に事件を隠蔽《いんぺい》するのではなく、そのような筋書きにしたことであっさりと受け入れられた。

ほとんどの住民は、それだけで安心して日常に戻《もど》る。元より、ドラゴン騒ぎにしても先の氾濫にしても、直接の被害《ひがい》はなかった。ならば、解決したのだという情報だけで、彼らには十分なのだ。

騒ぎの鎮静化《ちんせいか》のためのプロパガンダ。それが、神子《みこ》の忠言ともう一つの、エッセンが即処刑《そくしよけい》されなかった理由である。

「ありえません……」

だが、誰《だれ》もがその情報を信じるわけではない。

「エッセンさんが敵だなんて、ぜったいに間違《まち》いです」

下級冒険者ギルドの受付嬢《うけつけじよう》エルルは、カウンターの下でスカートをちぎりそうなほど強く握《にぎ》った。

付き合いは長くないけれど、エッセンの人となりはよく知っている。

冒険者として芽が出ないまま四年間、腐《くさ》らずに努力を続けてきた。その姿を、エルルはずっと見守ってきた。

そして彼が戦えるようになってからは、直接関わる機会も増えた。

たしかに魔物のスキルには驚《おどろ》いたが、エッセンを直接知るエルルだから信じられる。

絶対に無実だ、と。

「私にできることは……」

ニュースを聞いても、エルルは一切《いっさい》疑わなかった。

一般的《いっぱん》に見て、魔物に変身する能力はたしかに異質だ。旅神教会が異端《いたん》と認定するのも無理はない。そこまでは、エルルも冷静に認識《にんしき》している。

でもエルルはエッセンの無実を知っている。後はそれをどう証明するか。

「前は助けられましたからね。今度は私が助ける番です」

そう、固く決意する。

悩《なや》む時間は無駄《むだ》だ。疑うなんてもってのほか。今この時間も、エッセンは旅神教会によって罪を問われているかもしれないのだから。

冒険者ギルドの職員として、旅神教会の冷酷《れいこく》さはよく知っている。

少しでも疑わしければ、たとえ無実の可能性があっても罰《ばつ》する。それが旅神教会だ。

そのおかげで平穏《へいおん》が保たれている節もあるため完全に悪だと断じることはできないが、強引《ごういん》なやり方に反発する者も多い。

しかし、絶対的な権力があるために表立って逆らえないのが現状だ。また、逆らっても無駄とも言える。

たとえエルルが直談判《じかだんぱん》したとしても、門前払《もんぜんばら》いされるのは目に見えている。

「無実の情報を集めないと」

そう判断して、すぐに行動に移した。

「すみません、早退します」

「うん、いいよ。私が後やっとくね」

「ちょっと体調が……え？」

同僚《どうりょう》に告げると、すぐに了承《りょうしょう》された。そのことに少し戸惑《とまど》う。

「彼氏《かれし》、大変なんでしょ？　行ってあげな」

「え、いやあの、彼氏ってわけじゃ……。それに、そんな軽いお話でも」

「わかってるわかってる。何年受付嬢やってると思ってるの」

この先輩《せんぱい》は少々、思い込《こ》みが激しいところがある。

でも、妙《みょう》に察しが良くて、親身になってくれる。

「エルル、かましてきな」

「……はい」

先輩が大きな瞳《ひとみ》でウインクをした。

頼《たよ》りになるその仕草に、思わず涙《なみだ》ぐむ。

「受付嬢ですから、冒険者のサポートは仕事のうちです。……でも」

両手で紐《ひも》をほどき、エプロンを外す。

「これは受付嬢の仕事ではありません」

一人の……友人として。

エッセンを助ける。そのために、エルルは動き出した。

改めて礼を言って、ギルドを出る。

エルルにできることは少ない。エッセンは今、上級地区にある旅神教会の施設《しせつ》に幽閉《ゆうへい》されている。

エルルでは入ることすらできない。

だから、別のアプローチで……。

「エルルと言ったか」

「キースさん……」

《炎天下《えんてんか》》キース。彼もまた、破竹の勢いでランキングを上げる冒険者の一人だ。

エッセンと懇意《こんい》にしており、中級昇格《しょうかく》を目前に控《ひか》えている。

「ふん、あいつが間抜《まぬ》けにも捕まったらしいな」

「はい、心配ですよね」

「心配などではないが……借りを返すいい機会だ。俺《おれ》も手伝おう。なにをするつもりだった？」

不機嫌《ふきげん》そうに眉間《みけん》に皺《しわ》を寄せて、エルルに問う。

彼のこの態度が言葉通りでないことは、ヴォルケーノドラゴンの後処理の時によくわかった。

「一つだけ、手掛《てが》かりがあります」

それは、ヴォルケーノドラゴンの騒ぎの時。

かの魔物を解《と》き放った主犯であるウェルネスの居場所を捜《さが》すのに利用した方法だ。

ヴォルケーノドラゴンが封印《ふういん》されていた赤い宝玉。その欠片《かけら》である。

エルルのギフト《案内者》によって所有者の居場所を特定したのだった。

「今なら、その前の所有者もわかるかも……」

まず間違いなく、この宝玉は魔神教会の手によるもの。

ならば、ウェルネスに渡した者の居場所がわかれば……。

「《未来の足跡《あしあと》》」

エルルのスキル《未来の足跡》は、所有者の居場所を特定するスキル。

所有の概念《がいねん》は財神の領分だ。

基本的に、拾っただけでは所有とは認められない。だから、欠片を持っているだけのエルルは所有者ではない。

宝玉の大部分を押収《おうしゅう》した旅神教会も同様だ。

では、所有者は誰なのか。

最後の所有者は、ヴォルケーノドラゴンを召喚《しょうかん》した《斥候《せっこう》》の男だ。彼は、正式にウェルネスから譲渡《じょうと》されている。

だが、自ら召喚したドラゴンに食い殺された。

死亡した場合、前の所有者に移る。つまり、前回ウェルネスの居場所を特定できたのは、彼に所有権が移っていたからだ。

だからもし、獄中《ごくちゅう》のウェルネスが所有権を手放していれば。あるいは、ウェルネスが既に死亡していれば……。

その前の所有者を特定できるかもしれない。

「反応がありました」

エルルはごくりと喉《のど》を鳴らして、キースに告げる。

「危険かもしれないので、キースさんは来なくても大丈夫《だいじょうぶ》ですよ」

「舐《な》めるな。俺は最強の冒険者だぞ。危険ならなおさら、俺が行かないなどありえない」

「ふふっ、そうでしたね。では、ついてきてください」

エルルはたった一人でも行くつもりだった。わずかでもエッセンを助けられる可能性があるのなら、動かない選択肢《せんたくし》はない。

でも、キースがいるなら心強い。

「この方向……」

「ああ。下級地区だな。……ウェルネスがいるのは中級地区以上のはず。こんな裏通りのはずがない」

「そうですね。ということは……」

同時に頷《うなず》き合う。

なにか手掛かりに辿《たど》り着けるかもしれない。

二人は緊張《きんちょう》した面持《おもも》ちで、下級地区の裏路地に入っていく。

治安が悪く、犯罪が蔓延《まんえん》している地域だ。

「聞いてもいいか」

「なんでしょう？」

「なぜ受付嬢が、あいつのためにそこまでする？　職務を超越《ちょうえつ》した行為《こうい》だと思うが。……そもそも、ギルドでは不干渉《ふかんしょう》の命令があったはずだ」

「そうですね。私は受付嬢としてここにいるわけではありません」

受付嬢の仕事ですから。

エッセンから感謝されるたび、ずっとそう答えていた。

でも、本当はずっと前から気づいていた。

エッセンの力になりたいという気持ちは、決して仕事だからではない。

「好きな人を助けたい。それだけじゃ理由になりませんか？」

「いいや、十分な理由だ。信念がある者は強い」

好きというのは友人としてですけど……と、エルルは小さく言い訳をする。

大切な人が危機に瀕《ひん》している。助けに動くのに、冒険者も商人も関係ない。

しばらく、息を殺して歩いた。

道中ですれ違う荒《あら》くれ者たちも、キースの威圧《いあつ》に怯《ひる》んで近づいてこなかった。彼の実力なら、たとえ襲《おそ》われたとしても、冒険者崩《くず》れに後《おく》れを取ることはないだろう。

一人だったらここまで来られたかも怪《あや》しい。キースが来てくれてよかった、と心の中で感謝した。

お礼を言うのは終わってからだ。たぶん、キースならそう言うだろう。

「……ここですね」

《未来の足跡》が指し示す道は、とある廃《はい》教会で終わっていた。

外装や朽《く》ちかけのエンブレムから推察するに、おそらく自然と恵《めぐ》みを司《つかさど》る豊神教会。

迷宮都市では比較的《ひかくてき》信徒の少ない神だ。それもこんな辺鄙《へんぴ》な場所にあれば、忘れ去られるのも無理はない。

そして、使用されなくなった教会は絶好の隠《かく》れ家となる。

「俺の後ろにいろ」

「はい」

キースを先頭に、廃教会へと近づく。今にも崩れ落ちそうな建物だ。外壁《がいへき》はぼろぼろで亀裂《きれつ》が入り、窓は外されたのか、なくなっている。

建て付けが悪いようで、扉《とびら》は半開きだ。

足音を立てないように近づく。そっと扉の隙間《すきま》から身を滑《すべ》り込ませて、奥《おく》の広間へと進んだ。

広間への扉も同じように少し開いている。

近づくと、誰かの声が聞こえた。

「計画は順調のようじゃのう」

「おー、じゅんちょー！」

「ククク、ついに我らの悲願が達成されるとき……！」

「ろーし、やったー？」

なにやら上機嫌《じょうきげん》な老人と、幼い少女の声。

こんな場所でなければ微笑《ほほえ》ましい光景に、エルルは首を傾《かし》げる。

扉の隙間から、そっと中を覗《のぞ》き込む。

「お主の出番はもう少し先じゃがな」

老師と呼ばれた老人が、少女の頭に手のひらを載《の》せた。

「のう、《魔神の神子》よ」

「……っ」

思わず息を呑《の》む。

さっとキースと目を見合わせた。

間違いない。――魔神教会だ。

「そうなの？」

「そうじゃ。お主は魔神の依《よ》り代《しろ》となるのが役目……。そのためには、まずは旅神の神子を殺さねばならん。奴《やつ》のせいで、旅神の力が強まっておる」

「ころしちゃえー」

「ほっほっ。仰《おお》せのままに。今ごろ、武者《むしゃ》が準備を終えたころじゃろうな」

「武者、むしゃむしゃ？」

「左様。旅神の神子は武者が喰《く》らう。そのために、複数の氾濫を起こし攪乱《かくらん》する作戦じゃよ」

「すごーい！」

「ほっほっほっ。そうじゃろうそうじゃろう」

次々と飛び出してくる情報。

事態はエッセンの功罪だけの話では収まらない。いや、そんなことよりももっと大きな……。

「今夜、旅神の神子は死に、迷宮都市は滅《ほろ》ぶ。そして――魔神の時代が到来《とうらい》する」

エルルは口を押《お》さえ、数歩後ずさる。

早く、誰かに知らせなければならない。魔神教会の脅威《きょうい》は、すぐそこまで来ていたのだ。

そう、焦《あせ》ってしまったのが悪かった。

じり、と足元から音が鳴った。靴底《くつぞこ》が地面を擦《こす》る音だ。

静かな廃教会に、その音は存外に強く響《ひび》いた。

「おや、お客さんがいるようじゃの」

「エルル――」

ぎろり、と老師がこちらに振《ふ》り向く。

キースの反応は早かった。

両腕《りょううで》に炎《ほのお》を滾《たぎ》らせて、エルルを庇《かば》うように両手を広げる。

「逃《に》げろッッ」

「聞かれてしまったかの。だが、無駄なこと。既に準備は終了《しゅうりょう》した。もう誰にも止められぬ」

「《プロミネンス》」

「《魔物生成》」

老師が手をかざすと、地面に魔方陣《まほうじん》が浮《う》かび上がった。

もくもくと煙《けむり》が立ち上り、中からなにかが出てきた。

フォレストウルフ……冒険者なら誰でも知る魔物である。

「キースさん！」

魔物を生み出す。それは、魔神の権能だ。

なにか条件があるにしろ、それを可能としている。まさしく、魔神のギフトだろう。

「舐められたものだ」

所詮《しょせん》、フォレストウルフは最低ランクの魔物。

《炎天下》のギフトによるデメリットを無効化したキースにとって、敵にすらならない。鎧袖一触《がいしゅういっしょく》。炎に巻かれたフォレストウルフは、塵《ちり》さえ残さずに消滅《しょうめつ》した。

「エルル、早く行け。いち早く、ギルドに情報を……」

「舐めているのはお主じゃろうて。フォレストウルフだけだと油断しおって」

「……っ」

フォレストウルフは時間稼《かせ》ぎだった……。そう気づいた時には、廃教会の壁《かべ》という壁に魔方陣が描《えが》かれていた。

キースはまさしく、油断していたのだろう。エルルを逃がすことに意識が向かいすぎた。この廃教会は敵の拠点《きょてん》……なにも準備していないはずがないというのに。

「《魔物生成》……さて、どれだけ耐《た》えられるかのう」

壁から、天井《てんじょう》から、床《ゆか》から。

ありとあらゆる場所から、大量の魔物が湧《わ》き出てきた。その数、二十体以上。

ランクも種類もバラバラだ。

FランクからAランクまで、複数の魔物がキースたちを睨《にら》んでいる。

「無駄にいたぶる趣味《しゅみ》はないから教えておくとしよう。この魔物じゃが……倒《たお》しても無限に出るから、そのつもりでの。ああ、扉ももう開かぬ」

ククク、と老師が意地悪く笑う。

「ごめんなさい、私がもっと早く逃げていれば……」

「結果論だ。元より、一人で戻らせるほうが危険だった」

「キースさん……」

キースがローブをはためかせて、エルルを背中に庇いながら一歩前に出る。

「これほどの魔物、無制限に生み出せるはずがない。──出なくなるまで殺すまでだ」

「威勢《いせい》がいいのう」

「調子もいいぞ」

キースは不敵な笑《え》みを浮かべて、全身を炎で包んだ。

「以前までの俺とは格が違うぞ。──《ヘリオス》」

ただ爆《は》ぜるだけだった炎が、まるで清流のように静かにキースに寄り添《そ》っていく。

やがて、羽衣《はごろも》を纏《まと》うように炎がキースと一体化した。

手には、炎でできた巨大《きょだい》な槍《やり》。背中には炎の翼《つばさ》。

どう見ても、下級冒険者の姿ではない。下手したら、上級上位の……。

「魔物の氾濫は、大勢の人を不幸にする」

それは、故郷を魔物に滅ぼされた男の魂《たましい》の叫《さけ》びだ。

「許すわけにはいかない」

「魔物どもよ、やれ」

太陽の化身と魔物たちが、正面から衝突《しょうとつ》した。

＊＊＊

神官長ニコラスの尋問《じんもん》は朝まで続いた。

「……いい加減諦《あきら》めたらどうです？」

「断る」

なにせ、ほとんど言いがかりなのだ。

魔物を宿すギフトは、事実旅神のギフトなのだから仕方がない。旅神教会によって封《ふう》じられていることが、なによりの証左だ。彼らが影響《えいきょう》を及《およ》ぼせるのは、旅神のギフトに対してだけなのだから。

それ以外の容疑については、まったく知らない。

魔神教会の名前自体、最近知ったばかりなんだから。

「魔神教会の対処は一刻も争うのです！　こうしている間にも、奴らはなにか企《たくら》んでいるかもしれない。それを阻止《そし》するのが、迷宮都市の中核《ちゅうかく》を担う旅神教会の使命！　自分は冒険者なのだと嘯《うそぶ》くなら、潔《いさぎよ》く協力しなさい！」

「ありもしない罪を自白するのが協力なのか？」

「……っ、詭弁《きべん》を。神子様とヒューゴーに言われていなければ、拷問《ごうもん》してでも吐《は》かせたのに……」

こんなやり取りを、何度も繰り返している。

武者については当然、正直に話した。

彼の能力や、なにを言っていたのか。それらを包み隠さず明かしたというのに、ニコラスは不満らしい。

どうしても、俺が魔神教会の関係者だということにしたいようだ。

……いや、彼に言わせれば確信しているらしいが。

幸い、神子様やギルドマスターのおかげで拷問はされなかった。

せいぜい格子越《ご》しに詰《つ》め寄られるだけだ。

拷問されたところで自白する内容なんてないけど。

「まあ、いいでしょう。続きは裁判で明らかにすることにします。あなたでも、旅神の威光《いこう》の前では自白するしかないでしょうから」

「やっと終わったか……」

「私も暇《ひま》ではないのですよ！　あなたはそこで、残りわずかな生を噛《か》みしめていなさい」

ニコラスが振り返り合図すると、神官たちも背を向けた。ニコラスを先頭に、ぞろぞろと出ていく。

最後に、足を止めて言った。

「裁判は夕方。それがあなたの最期《さいご》です」

処刑確定みたいな言い方だな……。

その捨て台詞《ぜりふ》を最後に、彼らは去っていった。

地下牢《ちかろう》に残っているのは看守の兵士だけで、ようやく静かになった。

「俺、死ぬのか」

さっきまでずっと尋問されていたから、実感できなかったけど……こうして一人になると考えてしまう。

裁判で無実を証明できるか？

俺が悪だと思考停止しているニコラスに対して？

昨日までは絶対に大丈夫だと思っていた。どうせ、フェルシーが一人で突《つ》っ走っているだけだろうと高を括《くく》っていたのだ。

俺は真っ当な冒険者で、裁判できちんとわかってもらえる。そう、甘《あま》く考えていた。

でも、神官のトップであるニコラスがあの考えということは、裁判も……。

一度不安になると、その考えが止まらない。

命を懸《か》けてダンジョンに潜《もぐ》ることは、怖《こわ》くなかった。

冒険者として上を目指すと決めた以上、リスクを抱《かか》えて戦うしかない。それで死んだなら、俺はそれまでの男だっただけだ。

でも、謂《いわ》れのない罪で処刑されるのは、違うだろ。

そんな終わり方、認められない。

そして、なにより……。

「ポラリス……」

「呼んだ？」

「……えっ？」

ふさぎ込んでいたから、人が増えたことに気が付かなかった。

いつの間にか、牢の前にポラリスが立っていたのだ。

「ポラリス？　なんでここに……」

「ふふっ、それはね」

悪戯《いたずら》っぽい笑みで、ポラリスが口に手を当てた。

「あ、あの、ポラリス様。あなたはこちらの牢です」

「なんでそんな遠くなのよ。エッセンの隣《となり》にしなさい」

「えっ、いや、あの……わ、わかりました」

なぜかびくびくした様子の看守に誘導《ゆうどう》され、ポラリスが堂々と牢屋に入っていった。……なぜか、俺の隣を指定して。

「ポラリス様を投獄したことが神官長にバレたら、俺が大目玉喰らうので、ぜったいに大人しくしていてくださいね！　夕方には出しますから！」

「ええ、ありがとう」

「はぁ……なんで十傑《じっけつ》って変な人しかいないんだろう……」

看守が肩《かた》を落としながら、持ち場に戻っていった。

苦労しているようだ。親近感が湧くな……。

「ポラリス、自分から入ってきたのか？」

「そうよ。エッセンに会うためにね」

「めちゃくちゃだな」

「ちゃんと犯罪してきたわよ。私を投獄しなければ、今から大聖堂を凍《こお》らせるって、さっきの子に伝えたの。犯罪予告よ。立派な犯罪ね」

意味不明な要求をされた看守が不憫《ふびん》になってくる。

しかも、ポラリスのことだから断ったら本当に氷漬《づ》けにしそうだ。いや、もしかしたら部分的に凍らせたかもしれない……。

看守からしたら、断っても従っても責任問題に発展する。ポラリスと戦える神官なんていないだろうから、誰も止められない。

それでひねり出したのが、上には黙《だま》って牢に入れるという、今の状況《じょうきょう》なわけか……。かわいそうに……。

「はっ、しまったわ」

「どうした？」

「隣の牢だと、エッセンの顔が見えないじゃない」

当の本人は、呑気《のんき》に楽しんでいる始末だ。無事に裁判が終わったら、看守にしっかりとお礼するべきかもしれない……。

「ねえ、エッセン。こっちの壁に寄りかかって？」

「……わかった」

ポラリスの言葉に従って、壁に背中をもたれる。

さっきまでと変わらない、冷たい壁だ。

でも、その先にはポラリスがいる。たったそれだけの違いなのに、俺にはなによりも心強い。

「勝手なことをしてごめんなさい。エッセンが私の助けを嫌《きら》うこともわかってる。でも、どうしても会いたかったの。エッセンが処刑されてしまうかもしれない。そう、考えると……」

「いや……俺も会いたかった。もちろん、処刑されるつもりはないけどな」

「それは……っ、当然よ。私が止めるもの」

俺の胸を支配していた不安が、すっと消えてなくなるのがわかる。

ああ、なにを怖がっていたんだ。

俺には最強の相棒がいるじゃないか。なにも、恐《おそ》れることはない。

「ねえ、エッセン。覚えてる？　幼いころのこと」

「俺もちょうど思い出していたところだ。外に出してもらえないポラリスに、こんな風に壁越しに話しかけてたよな。あの村長、ケチだから壁薄《うす》かったし」

「ふふっ。いつも楽しい話をしてくれたわよね。ガキ大将と喧嘩《けんか》して、機転と罠《わな》で大勝利した話とか」

「ああ、あれ嘘《うそ》。本当はボロ負けだったな。ポラリスにカッコつけたかっただけだ」

「知ってるわよ。昔から見栄《みえ》っ張《ぱ》りなんだから」

「なんだ、バレてたのか」

ポラリスに惹《ひ》かれたのは、どうしてだっけな。

最初は、つまらない子だと思っていた。村長の娘《むすめ》で、滅多《めった》に顔を見せないし、たまに村の集まりがあった時も、村長の近くで無表情のまま動かない。

それが村長に軟禁《なんきん》されていたからだと知ったのは、たまたま通りがかった時に彼女《かのじょ》のすすり泣く声が聞こえたからだった。

大人たちは知っていたんだろうけど、みんな見て見ぬふりをしていた。子どもの俺にできることは少ない。だから、毎日ポラリスの元へ通って、せめて笑ってもらえるように楽しい話をしていたんだ。

「ほかにも色々話してくれたわ。村の人たちの噂話《うわさばなし》に、農業のこと、村で流行《はや》っている遊び……そして、冒険者のこと」

「ポラリスに話すために、吟遊詩人《ぎんゆうしじん》に弟子《でし》入りしたくらいだからな」

「え、そんなことしていたの？」

「やべ、これは隠しておくつもりだったのに」

うっかり口を滑らした。

ポラリスとの他愛《たわい》ない会話にめちゃくちゃ気合い入れてる奴になっちゃうじゃん……。実際そうだったけど。

どんどん笑顔《えがお》が増えていく彼女には、楽しいのが当たり前だと思ってほしかった。

気兼《きが》ねなく笑って、遊んで……そんな普通《ふつう》を、彼女にあげたかったのだ。

「そんでさ、俺は一番すごい冒険者になるんだってポラリスに宣言したよな」

「ええ。対抗《たいこう》して、私もって」

ちょうど、その頃《ころ》だった。資金繰《しきんぐ》りに失敗した村長が、その苛立《いらだ》ちをポラリスにぶつけるようになったのは。

日に日にやつれ、見える傷が増えていくポラリス……。俺は、見ていられなかった。

だから、無謀《むぼう》を承知でポラリスを連れ出したのだ。

閉鎖《へいさ》的な農村において、村長や大人に逆らうなんて考えられない。豊神のギフトを得て、一生農業をして過ごす。それが当たり前の村だったから、村から出るなんて許されることではなかった。

もちろん、俺の常識としてもそうだ。そう言われて育ったから。

それでも俺を突き動かしたのは、吟遊詩人から聞いた冒険者への憧《あこが》れ。

二人で夜逃《よに》げのように村を飛び出して、そのまま街を点々としながら、迷宮都市に辿り着いた。

あの頃は楽しかったな……。貧乏《びんぼう》だけど自由で、なんでもできる気がした。

「あの頃の私にとって、エッセンは強さの象徴《しょうちょう》だったわ。……いえ、今もそうね」

「喧嘩で負けてるのに？」

「腕っぷしなんて関係ない。大人に支配されず、自分の意志で行動する姿が……。私に話しかけるのだって本当は禁止されていたはずで、何度も怒《おこ》られてたのに、それでも会いに来てくれる、意志の強さと優《やさ》しさが……全《すべ》てが、私の憧れだった。私が冒険者になりたいと言ったのは、あなたみたいになりたかったからなのよ、エッセン」

「……俺だって、ポラリスはすごい奴だって思っていた。村長の娘なのに威張《いば》らないし、虐待《ぎゃくたい》にも耐えて俺の前では笑ってたし、すげー強い奴だなって」

「ふふっ、そんなこと思ってたんだ」

故郷の村での記憶《きおく》は、いいことばかりじゃない。

でもこうして話していると、全てがキラキラ輝《かがや》いているようだった。

「ねえ、エッセン……。望むなら、私と……」

「それはできない」

ポラリスの言葉を遮《さえぎ》った。

もし脱獄《だつごく》の手助けでもしたら、ポラリスは罪人となる。

二人揃《そろ》って咎人《とがにん》として逃げ回る人生が始まる。ギフトも地位も失い、堂々と表を歩けない日々だ。

あるいは、ポラリスと一緒《いっしょ》だったらそれでも楽しいかもしれない。

でも、彼女を巻き込むわけにはいかない。

「なんでよ……っ」

ポラリスの声に、嗚咽《おえつ》が混じる。

「エッセンを失うなんてぜったいに嫌《いや》なの。死んでほしくない。エッセンを守るためなら、旅神教会とだって戦う。二人で逃げて、泥水《どろみず》を啜《すす》ってもいい。お願いだから……」

いつもクールで強いポラリスの、悲痛の叫び。

「お願いだから、いなくならないで……」

今すぐ彼女を抱《だ》きしめたい。でも、冷たい壁に阻《はば》まれて、それができない。

いや、壁があってよかったかもしれない。今彼女と抱き合ったら、揺《ゆ》らいでしまいそうだから。

だって、ポラリスと二人の逃避行《とうひこう》は、結構魅力《みりょく》的だから。

「俺は死なないよ」

気休めにしかならないけど、俺はそう断言する。

「約束しただろ？　二人で冒険者のトップに立つまで、俺は死なない」

「……うん」

「俺さ、ギルドマスターのおかげでめちゃくちゃ強くなったんだ。今なら、上級でも戦えると思う。そういや、バタバタしていたからランキングを見れてないな……。相当上がってるんじゃないか？」

「私も、見てない」

「そうか。俺が上級になったら、今度こそ一緒に戦おう。色んなダンジョンを回って、次々と攻略《こうりゃく》して、ランキングを上げるんだ。1位なんてすぐだよな」

「……それは、とても楽しそうね」

「だろ？」

脱獄して逃げるより、何倍も、何十倍も、何百倍も。

こっちの未来のほうが、楽しそうだから。

俺は、その未来を諦めたくない。

「それにさ、あいつを倒すのは俺の役目だと思うんだ。……根拠《こんきょ》のない、ただの直感だけど」

「あいつ？」

「武者だ」

《魔物喰らい》の対《つい》となる能力である、《人間喰らい》の武者。

なにかを企んでいるらしいあいつを止めるのは、俺の役目だ。

《太古の密林》でスキルを増やした。スキルの融合《ゆうごう》という、あいつと同じ技術も身につけた。

前回は文字通り歯も立たなかったが、今なら戦えるはずだ。

「リーフクラブの脱走《だつそう》も、ヴォルケーノドラゴンの騒動《そうどう》も、この前の氾濫も、全部魔神教会が関《かか》わっているというのなら……俺にも因縁《いんねん》があるってわけだ」

魔神教会の存在は知らなかった。

しかし奇遇《きぐう》にも、今まで遭遇《そうぐう》した事件は奴らが関わっていたものだった。

「……エッセンに因縁があるなら、私にとっても敵ね」

「ははっ、そうだな。頼りにしてるよ、相棒」

ポラリスとなら、なんだってできる。

村から逃げるだけで精一杯《せいいっぱい》だったあの頃とは違う。

今の俺たちには、戦う力があるんだから。

「まずは裁判を乗りきらないとな」

「ええ。とりあえず私はギルドマスターをとっちめて、無実を証明させるわ。だいたい、俺がなんとかするとか豪語《ごうご》していたくせに、なんでエッセンが捕まっているのよ。腕の一本くらい凍らせないと気が済まないわ」

「いや、あの、ギルドマスターも頑張《がんば》ってくれてたよ……？」

壁がポラリスの冷気でさらに冷たくなった気がする。怖い。

さっそくポラリスは動き出すようだ。

看守に飽《あ》きたから出ると伝え、堂々と脱獄していった。賄賂《わいろ》というかお礼をしっかり渡していたので、看守もほくほく顔だ。

「さて、俺は裁判に備えてひと眠《ねむ》りするか」

不安は、もうなくなっていた。

＊＊＊

そして迎《むか》えた、旅神教会の異端審問《いたんしんもん》……。

夕刻に起こされた俺は、そのまま教会裁判所に連行された。

首にはギフトを封じるリング、両手は縄《なわ》で縛《しば》られた状態で中央に立たされている。

聖堂のような広い部屋で、正面には神官長のニコラスと高位の神官たちがいる。周囲にはずらりと神官たちが立ち並び、高い位置から俺を見下ろしていた。

その中で、俺の右手側にある観客席にギルドマスターがいた。

見たところ、知り合いは彼だけだ。そして、唯一《ゆいいつ》の味方でもある。

目が合うと、彼は余裕《よゆう》の表情でにやりと口角を上げた。

「これより、異端審問を開始する」

厳粛《げんしゅく》な空気の中、ニコラスが口を開いた。

こいつとは、何度も問答をした。

今さら、一体なにを明らかにするというのか。

……いや。

どうせ形だけの裁判だ。内容なんて関係ないのだろう。

俺の処刑を正式に決定する。そのためだけの裁判なのだから……。

「……神子様はいないのか？」

「このような些事《さじ》に、神子様のお手を煩《わずら》わせるはずがないでしょう。それに凶悪犯《きょうあくはん》に直接会わせて、なにかあっては問題ですからね」

「凶悪犯ねぇ」

相変わらず頭が固い。

このままでは、俺は間違いなく処刑されるだろう。旅神教会の定める絶対悪……魔物になれるというだけで、罪を問う理由としては十分だ。

だが、昨日のような不安はもうない。

「提案がある」

「そのような権利はありません！」

「まあ聞いてくれよ」

このままニコラスのペースで進めてたまるか。

話がわかるという神子様がいれば、もう少しやりやすかったかもしれないが……言っても仕方がない。

「俺は誰がなんと言おうが、旅神の眷属《けんぞく》である冒険者だ」

「魔物風情《ふぜい》が。何度言おうと、旅神教会は認めません！」

「だろうと思ったよ……。でも、少し時間をくれれば認めさせてやるよ」

「何を……」

ペースを崩されたニコラスが、額に青筋を浮かべる。

最初から処刑ありきの裁判だ。それ以外の判決は考えてもいないのだろう。

だが、俺はその考えを覆《くつがえ》さないといけない。

「俺が魔神教会を潰《つぶ》す」

魔物の力を持ち、旅神教会の脅威である魔神教会の仲間だと思われている。

それなら、魔神教会を潰してしまえばいい。

教会同士の確執《かくしつ》など知ったことではないが、魔神教会は俺にとっても敵だ。

迷宮都市に魔物を解き放つなんていう連中、冒険者として放っておけるはずがない。

氾濫の時、ポラリスも言っていた。

冒険者のトップに立つには、ただ強いだけではダメ。冒険者として、英雄《えいゆう》として、魔物から世界を守るのが最強の冒険者というものだ。

「俺は俺のために、魔神教会と戦う。ついでに、旅神教会の役に立ってやるよ。これで文句ないだろ？」

俺は幽閉されるまで、そんな覚悟《かくご》は持ちあわせていなかった。

正直、ただ流されていただけで……。

ひたすら目の前のことに対処してきただけだった。

だが、ポラリスと話し、改めて自分の夢を見つめ直した時。

魔神教会と戦うのも、街を守るのも、全て夢に繋《つな》がっていることに気が付いたのだ。

キースのように、関係のない他人のために身を投げ出すような強い信念は持っていない。

でも、ポラリスとの約束のためなら……俺はいくらでも強くなれる。

「魔神教会を潰すですって……⁉」

「ああ。話した通り、武者は冒険者から能力を奪《うば》える。放っておくと、こちらの戦力は削《けず》られるばかりだ。それに、既に恐ろしく強い」

「それを、自分なら倒せる、と？」

「必ず倒す」

確実に勝てる、とは言わない。

でも、あいつに勝てるなら俺だと思っている。武者の持つ《人間喰らい》に対抗できるとしたら、同じく能力を喰らう《魔物喰らい》だけ……。

だから、勝てるかどうかは関係ない。勝つだけだ。

ニコラスの目をまっすぐ見据《みす》える。

彼は冷めた瞳でこちらを見下ろした。

旅神教会の神官長と、拘束《こうそく》されギフトを封じられた冒険者。その立場の差は歴然だ。

「話は終わりですか？　では――」

ニコラスは、まるで相手にしていない。

一蹴《いっしゅう》しようとしたニコラスの声を、誰かの笑い声が遮った。

「がはは、俺は好きだぞ。お前みたいな馬鹿《ばか》。蛮勇《ばんゆう》、いいじゃねえか。若い奴はこうじゃなきゃ」

「黙りなさい、ギルドマスター。静かにすると言うから立ち合いを許可しているのです。騒ぐなら退出していただきますよ」

「まあ待てよ。あくまで、俺は判断材料を提供するだけだぜ」

よっ、と傍聴席《ぼうちょうせき》の柵《さく》を飛び越《こ》えて、ギルドマスターが入ってきた。

俺の隣に立ち、一枚の板を掲《かか》げる。

サイズこそ違うが、冒険者ギルドで見慣れたものによく似ている。

黒い板に、光る文字……。

「ランキングボード……？」

口に出すと、ギルドマスターが鷹揚《おうよう》に頷いた。

どこのギルドにも必ずある、ランキングボード。四年間毎日のように確認《かくにん》していた、冒険者の強さを示す指標……。

「そうだ。小さいタイプだから、全てが載《の》ってるわけじゃねえ。載ってるのは、上位十名だけ――」

上位十名。つまり、十傑だけが記された、ランキングボードということだ。

そんなものが存在していたのか、と目を見開く。

「おい、少年。見てみろ」

「え……？」

ギルドマスターが俺の顔の前に小さなランキングボードを掲げた。

上から順に見ていく。何度も見た、上位を維持《いじ》している強者《つわもの》の名前が続く。

6位にポラリスの名前があった。あいつ、いつの間に順位を上げていたのか。

ほとんど行がないから、すぐに読み終わる。

最後、つまり10位に差し掛《か》かった時……思わず、二度見した。

『10位　【魔神殺し】エッセン』

滅多にメンバーの変わらない、十傑のランキング。そこに、あり得ない名前が……二つ名つきで記載《きさい》されていた。

何度見直しても、その文字は変わらない。見間違いでも、人違いでもなさそうだ。

「10位……!?」

「そうだ。お前は既に十傑……旅神に認められた冒険者なんだよ」

続いて、ギルドマスターがニコラスに見えるように前に突き出した。

「ランキングボードは旅神の神器だ。これは誰にも誤魔化《ごまか》せねえ。他でもねえ旅神教会が、冒険者ランキングを疑うわけねえよな？　二つ名まであんのによ」

「詭弁を……っ。道を踏《ふ》み外した冒険者を裁くのも旅神教会の役目！　判決は変わりませんぞ！　この短期間に、そんなにランキングを上げられるはずありません！　なにか不正を……」

「おいおい、それこそありえねえだろ。旅神舐めんな。旅神のランキングを疑うのか？」

「そういうつもりでは……っ」

ギルドマスターの返しに、ニコラスが苦々しく顔を歪《ゆが》める。

冒険者ランキングは絶対的な指標だ。

貢献度《こうけんど》によって、旅神が決定する。

「ただまあ、ここまで上がるとは俺も予想外だったが……。氾濫の阻止と、たまたまクエストがあったBランクダンジョンで暴れまくったのが利《き》いたんだろうな。あそこ、無駄にタフな奴らが連携《れんけい》してくるから面倒《めんどう》だし、ボス周回なんてまともな冒険者ならやらない。……いや、できない」

《太古の密林》に連れていかれたのは、これが目的だったのか……。

ギルドマスターの思惑《おもわく》を今さら知り、驚愕《きょうがく》する。

そして俺は、彼の予想以上の戦果を挙げたらしい。

「こいつは十傑に相応《ふさわ》しい実力だ。俺が証明するぜ」

十傑でなくても、元々ランキングには載っている。

だが、ここまでランキングを上げたことで、説得力が生まれる。

「魔神教会との戦いに、こいつの力は使える。ただでさえ、警戒《けいかい》にかなりの人数を割《さ》いているんだ。なにかあった時のために、戦力は一人でも多く必要だ」

このランキングのおかげで、魔神教会を倒すという目的のために、俺が有用だと証明できる。

「俺が10位……」

上には、ポラリスを含《ふく》めてわずか九人……。

この前中級になったばかりで急にランキングが上がったから実感がわかない。でも、上級ダンジョンのボスを周回するというのは、それだけすごいことなのだろう。

自分が思っている以上に、強くなっていたらしい。

「……っ、しかし……魔物に変ずる力など認めるわけには……」

ぎりり、とニコラスが奥歯を噛んで顔を歪ませる。

彼はまだ認めたくないらしい。

しかし、他の神官たちの反応は様々だ。

生かしておいたほうがいいのではないか。そんな空気が流れ始める。

「失礼するよー」

バタン、と背後の扉が開いて誰かが乱入してきた。

「魔物の力を利用することは、魔神の力を奪うのと同じだよ」

それは、よく知った声だった。

思わず振り向くと、そこには赤い法衣を纏った女性の姿……。

「リュウカ⁉」

上級職人リュウカ。俺の装備を作ってくれた、魔物好きの変人だ。

いつもは作業着姿なのに、なぜか神官のような格好《かっこう》をしている。

その後ろには、ポラリスが立っている。そうか、ポラリスが連れてきてくれたのか。

リュウカは俺を見て、ぱちっとウインクした。

すぐに真面目《まじめ》な顔に戻って、ニコラスを見る。

「魔物はとてもカッコイイ……じゃなくて、魔物の肉体は有効に使わないとね！」

「あなたの噂は聞いていますよ。異端な職人がいると……」

「おおっ、私って有名人？」

仰々《ぎょうぎょう》しい服装だけど、中身はいつものリュウカだ。

おどけた態度で笑って、部屋の中央まで進み出る。

「現に、冒険者の多くは魔物由来の装備を使ってるじゃん。エッセンの能力は、それと何ら変わらない。……技神教会の上級神官であり、技神の神子の全権代理人である私が断言するよ」

「……技神教会の見解である、と？」

「その認識で大丈夫だよ」

「技神教会が、こちらの裁判に介入《かいにゅう》しないでいただきたいですね。いかに技神の神子の見解だろうと、考慮《こうりょ》する義務はありません」

リュウカ、上級神官だったのか……。

そんな素振《そぶ》りも雰囲気《ふんいき》もまったくなかったけど。ていうか、神官なのに冒険者に改宗してダンジョンに入ったりしてたのか。なにやってんだ……。

「逃げるんじゃなくて、堂々とエッセンを守ることにしたわ」

ポラリスがそっと耳打ちする。

「ありがとう」

「まだ、終わってないわ」

中央に立つ俺の前に、ポラリス、リュウカ、ギルドマスターが並んで立つ。三人とも、俺を背に庇うようにニコラスと対峙《たいじ》している。

「し、神官長……」

一人の神官が、おずおずとニコラスに判断を仰《あお》ぐ。

「うろたえる必要はありません。私たちは正義です」

ニコラスの声は、少し震《ふる》えている。

気丈《きじょう》に振る舞《ま》っているのはニコラスだけで、他の神官たちは、既に気持ちが傾《かたむ》いているように見える。

「冒険者は、野放しにしてはいけないのですよ」

神官たちを諭《さと》すように、ニコラスが話し始めた。

「たしかに、魔物は脅威だ。魔物を倒すために、冒険者は必要不可欠。それは、私たちが信仰《しんこう》する旅神の教えによるものです。……しかし、冒険者もまた、人間にとっては脅威。いえ、魔物よりよほど身近な脅威と言えるでしょう」

それは、正義の名の下に冒険者を裁いてきたニコラスの信念だ。

「生身で風よりも速く走り、山を砕《くだ》き、湖を干上《ひあ》がらせる。そんな化け物が、この迷宮都市では普通に暮らしているのです。冒険者の犯罪率は、一般人《いっぱんじん》に比べ実に十倍！　しかも、一般人では冒険者に武力で対抗することはできません。迷宮都市の治安のためには、冒険者の締《し》め付けは必須《ひっす》なのです。多少の冤罪《えんざい》は必要悪。疑わしきは罰しなければ、この街は魔物ではなく、冒険者によって滅びますぞ！」

ニコラスの言葉に、俺たちは押《お》し黙った。

言っていることは間違いじゃない。

なまじ冒険者でない人間よりも武力が高い分、犯罪が過激化する傾向《けいこう》がある。

神官たちの目に、再び光が戻った。

これが、彼らの正義だ。

安易に否定はできない。

「責任は全て、私が取ります。迷宮都市を守るためならば、引退後に裁かれても構わない！　今ここで審判を下します。正義のために」

ニコラスが、机を強く叩《たた》いた。

「《魔物の男》を処け――」

しかし、最後まで言い切られることはなかった。

部屋中に、どこからともなく誰かの声が響き渡ったからだ。

『エッセンさん、聞こえてますか？　魔神教会が……！』

七章　【魔神《まじん》殺し】エッセン

下級地区、豊神の廃教会《はいきょうかい》にて……。

「はぁ……はぁ……」

《炎天下《えんてんか》》キースが戦い始めてから、実に五時間が経《た》った。

未《いま》だ、魔物の召喚《しょうかん》は止まらない。

「キースさん！」

「大丈夫《だいじょうぶ》だ！　動くな」

「でも、そんなにボロボロで……」

「問題外だ。俺《おれ》は最強の冒険者《ぼうけんしゃ》だぞ」

Aランク三体、Bランク五体、Cランク以下を合わせれば、合計で五十体ほど。

キースが廃教会の中で倒《たお》した、魔物の数である。

上位の魔物ほど、発生のペースは遅《おそ》い。

それでも、常に複数の魔物相手に戦い続けている。対多数を得意とし、単独で高い火力を発揮できるキースでなければ……とっくに殺されていただろう。

否《いや》、彼《かれ》であっても既《すで》に満身創痍《まんしんそうい》だ。

「それより、扉《とびら》は開かないのか？」

「さっきから試《ため》しているんですけど……」

「ふん、まあいい。魔物を殺し尽《つ》くすから待っていろ。そうしたら、壁《かべ》に穴を空けてやる」

老師と魔神の神子《みこ》という、魔神教会の手合いは、とっくにこの場を離《はな》れた。

だというのに、魔物の召喚は止まらない。

おそらく持続的に召喚を続ける魔法でも使っているのだろうが、その止め方はわからなかった。

手当たり次第《しだい》に魔方陣《じん》がある場所を破壊《はかい》してみたりもしたが、特に効果はなかった。

「でも、壁もなにか魔法がかかっているようで……」

「……ちっ、こいつらがいなければ脱出《だっしゅつ》に集中できるというものを」

魔神教会が動き出すという夕刻まで、もう幾《いく》ばくも無い。

彼らの計画を知っているのになにもできないことに歯噛《はが》みする。キースはその怒《いか》りを炎《ほのお》に込《こ》めて、また一体、魔物を吹《ふ》き飛ばした。

あるいは、二人で逃《に》げるだけなら不可能ではないかもしれない。

しかしその場合、この魔物たちが下級地区に解《と》き放たれる。

それは、魔物の氾濫《はんらん》で故郷を失ったキースにとって、絶対に看過できないことだ。

同時に、ダンジョンで氾濫を起こそうとしている魔神教会の計画も止めないといけない。歯がゆい思いを感じながら、ひたすら魔物を倒している。

倒しても倒しても終わらない。そのことに、少し挫《くじ》けそうになる。

しかし……。

「あの戦闘馬鹿《せんとうばか》なら、喜んで戦うんだろうな」

嬉々《きき》として魔物に齧《かぶ》り付く変態冒険者を思い浮《う》かべる。

エッセンなら、ランキングを上げられる状況《じょうきょう》に大喜びだろう。

そのことを思い、自然と笑《え》みが漏《も》れる。

「負けられんな」

ここを乗り切れば、キースも中級になれるだろう。

最強までの道のりは、未《いま》だ遠い。それを自覚してなお、彼は最強を自称《じしょう》する。

「《ヘリオス》」

身に宿すは、太陽そのもの。

空気が歪《ゆが》むほどの熱気が、廃教会を満たす。

瞬間《しゅんかん》、低ランクの魔物たちは自然に発火し、灰となった。

Bランクの魔物であっても、彼には近づけない。

「私もなにかしないと……」

エルルは胸の前で、ぎゅっと両手を握《にぎ》った。

また、守られているだけだ。

ヴォルケーノドラゴンの時も、今回も。いや、普段《ふだん》の生活も、冒険者に守られ続けている。

冒険者のサポートが受付嬢《うけつけじょう》の仕事だ、なんてカッコつけて言っていたけれど、命を張るのはいつだって冒険者だ。

自分は、安全なギルドで働いているだけ。今も、彼の背中を見つめるばかりで、なんの助けにもなっていない。

商人としても中途半端《ちゅうとはんぱ》だ。

雇《やと》われて受付業務をしているけれど、自分の手でお金を生み出しているわけではない。

それでも自分なりのプライドを持って働いていた。

でも、いざ危機に陥《おちい》った時、自分にできることはなにもないことに気が付く。

財神のギフトにも、驚《おどろ》くほど有用なものもある。それこそ、世界を変えてしまえるほどの強力なギフトが。

影響《えいきょう》の範囲《はんい》を考えれば、旅神のギフトよりも力があるかもしれない。

たとえば、今の貨幣《かへい》システムを作り上げ、維持《いじ》しているのは財神のギフトである。経済は、財神なしでは成り立たない。

でも、エルルが持つのは《案内者》という、極めて限定的で小規模なギフト。

街を襲《おそ》う魔物の危機に、大切な人のピンチに、なにもすることができない。

「エッセンさんが、困ってるのに……」

優《やさ》しい、年下の冒険者。

大したことをしていないのに、大げさに感謝してくれる。身を挺《てい》して守ってくれる。

そんな彼に、なにも返せていない。

このままでは、エッセンもキースも、街の人たちも、みんな失ってしまう。

「そんなの、ぜったい嫌《いや》です」

余談だが――。

ギフトは、使用者の望みによって成長する。最初からどう成長するか決まっているわけではない。必要に応じて、新たな能力が発現するのだ。

エルルのギフト《案内者》は、使用者を導くギフト……。望む方向に、道を案内する能力だ。進化すれば、あるいは未来を見通す能力にもなっただろう。

だが、今必要なのはそんなスキルじゃない。

「エッセンさんを助けたい……。お願い、財神」

エルルは祈《いの》るように目を閉じた。

その時。

『スキル《言の葉書》を与《あた》える』

エルルの脳内に、財神の声が響《ひび》いた。

「これは……」

スキルはすっとエルルの体内に溶《と》け込み、すぐに使えるようになった。

使い方は手に取るようにわかった。

「《言の葉書》」

それは、音を導き、届けるスキル。

商人としての使い方はいくらでもある。

でも今は、それよりももっと届けたい言葉がある。

エルルの前に、手のひらサイズの白い鳥が現れた。

「エッセンさん……」

エルルの言葉を聞き届けた鳥は、壁を抜《ぬ》けて飛び立った。

＊＊＊

突如《とつじょ》、聖堂に乱入してきたのは、半透明《はんとうめい》の白い鳥。

それは上空に舞《ま》い上がると、強く輝《かがや》いて全員の視線を集めた。

聞こえてきたのは、エルルさんの声だ。

『エッセンさん、聞こえてますか？　魔神教会が……！』

エルルさんは、当然ながらそこにはいない。

でも、白い鳥のほうから聞こえてくるのだ。

声を届けるスキル、だろうか。

『魔神教会の目論見《もくろみ》を聞きました。彼らの目的は、旅神の神子様です！　今日の夕刻、同時に複数の氾濫を起こし……混乱に乗じて、武者《むしゃ》という者が神子様を害する作戦のようです！』

エルルさんが俺に伝えてきたのは、とんでもない情報だった。

魔神教会が氾濫をいくつも起こし、さらに神子様を殺害する計画だって……？

奴《やつ》らが意図的に氾濫を起こせるのは、既に経験しているからわかっている。おそらく、複数同時にできるであろうことも。

その真の目的が、まさか神子様の殺害だったなんて……。

「神子様だと……!?　待て、今はどこに」

「誰《だれ》の声だ？　信頼《しんらい》できるのか？」

「今日の夕刻って、もう夕刻じゃないか！」

「ともあれ、神子様の警備を固めなければ……」

届けられた情報は、神官たちをパニックに陥《おとしい》れた。

彼女《かのじょ》の言葉が本当なら、裁判どころではない。

複数の氾濫が起きるなんて、前代未聞の大災害だ。すぐに対応する必要がある。

「た、大変です……！　たった今、あちこちから氾濫の報告が……！」

タイミングが良いのか悪いのか、氾濫の報告が上がってきた。

各地の神官、冒険者の両方からだ。ドタバタと神官たちが動き出す中で、ニコラスだけが立ち尽くしていた。

『私とキースさんは、わけあって動けません……！　でもキースさんが、エッセンさんならって。エッセンさんなら、なんとかしてくれる。私もそう信じています！』

その言葉を最後に、白い鳥が天井《てんじょう》付近まで舞い上がってから消えた。

キースもそこにいるのか。

なら、うかうかしてられないな。

あいつならきっとこう言うだろう。『俺が先に倒してしまうぞ』ってな。

なぜ二人がこのことを知りえたのかはわからないが、キースがいてくれるなら大丈夫だろう。

「おい、神官長。俺の拘束《こうそく》と封印《ふういん》を解いてくれ」

俺の言葉に、ニコラスは少し迷う素振《そぶ》りを見せる。俺には答えず、ギルドマスターに視線を向けた。

「……ギルドマスター、すぐに動ける人材はいますか？」

「あいにくだが、氾濫に即座《そくざ》に対応するために、上級の連中は各ダンジョンに配置しちまった。ちっ、一度氾濫をしてみせたのは、警戒《けいかい》させて戦力を分散させるためか……。だがまあ、あいつらがいれば街は大丈夫だろ」

「そうですか……」

「迷宮《めいきゆう》都市に残ってる強え奴は、ポラリスとエッセンだけだ」

この数日で、ギルドマスターはかなり動いていてくれたらしい。

氾濫が起きれば、近隣《きんりん》は甚大《じんだい》な被害《ひがい》を受ける。それを防ぐためには、それなりの実力の者を各ダンジョンに配備しないといけない。それこそ、上級冒険者の中でも上位の者たちだ。

氾濫の防止に人員を割《さ》いた結果、迷宮都市が手薄《てうす》になっている。

武者が氾濫をいつでも起こせると脅《おど》してきたのは、広範囲に警戒させるための布石だったのかもしれない。

ニコラスは考え込んでいる様子だったが、やがて顔を上げて静かに語り始めた。

「神子様は旅神の申し子であり、現人神《あらひとがみ》。神子様が失われれば旅神の力は弱まり、魔神教会との戦いは厳しいものとなるでしょう。しかし、その目的は、先ほどの女性の声がなければ知ることができなかった。……そして彼女が、あなたを頼《たよ》っている」

「ああ。受付嬢のエルルさんだ」

「あなたは魔神教会の仲間……そう思っているのは、私だけのようですね」

ポラリスが、リュウカが、ギルドマスターが。

ニコラスの目を見て、深く頷《うなず》いた。

「……いいでしょう。神子様の安全が最優先です。《魔物の男》……いえ、【魔神殺し】エッセン。あなたの釈放《しゃくほう》を許可します。【氷姫《ひょうき》】ポラリスと協力し、必ず、神子様をお守りするように」

「ああ、任せろ」

「神子様は上級地区の大聖堂……。【氷姫】、場所はわかりますね？」

「わかるわ」

ニコラスによって、手ずから拘束を外される。神官にしか解除できない仕組みらしく、同時に、ギフトの力が戻《もど》ってきた。

軽く伸《の》びをして、身体《しんたい》をほぐす。大丈夫だ、今すぐにでも戦える。

じっとしていた分、むしろ動きたくてうずうずするくらいだ。

「決まりだな」

ギルドマスターが気だるそうに言った。

「迷宮都市の守りは気にすんな。お前らは神子ちゃんのことだけ考えればいい」

頼《たの》もしい言葉だ。

彼がそう言うなら、間違《まちが》いないだろう。今回も、なんだかんだギルドマスターの思惑《おもわく》通りに進んだ気がするし。

適当そうに見えて案外、戦略家なのかもしれない。そうじゃなきゃ、ギルドマスターになんてなれてないか。

「よし、じゃあお前ら掴《つか》まれ」

なにを思ったのか、両手で俺とポラリスの肩《かた》をそれぞれ掴んだ。

「へ？」

「ギルドマスター、なにを……？」

思わず呆《ほう》けた声が出る。

ポラリスも困惑《こんわく》気味だ。

「走っていくより速いからな」

《太古の密林》に連れていかれたことを思い出す。

ギルドマスターのめちゃくちゃな速度によって、移動だけでボロボロになった。

この人、移動方法の選択《せんたく》に身体への負荷《ふか》が考慮《こうりよ》されてないな……？

「着地は自分でなんとかしろ」

「まさか、投げ――」

最後まで言い切ることすらできなかった。

強く引っ張られたかと思うと、いつの間にか建物の外にいた。

そして、俺とポラリスは《超人《ちようじん》》ギフトによって……全力で放《ほう》り投げられた。

再び、目に映る景色ががらりと変わった。

眼下に広がるのは、迷宮都市の街並みだ。

この街は、俺とポラリスにとって特別なものだ。

幼いころから憧《あこが》れ、二人で一緒《いつしよ》に足を踏《ふ》み入れた街。実力差から別れ、それでも互《たが》いを思って暮らし続けた街。

そして今、二人で守ろうとしている。

ダンジョン資源によって発展してきた迷宮都市が、魔物の危機に晒《さら》されている。

そして、魔神教会の目的は神子様を害することだという。

氾濫と、神子様の殺害。どちらも、見過ごすことはできない。

だが、氾濫には既に大勢の冒険者が動員されている。

そして神子様が狙《ねら》われていることを知っているのは、エルルさんの情報を聞いた俺たちだけ。

エルルさんの情報によると、神子様の元に向かっているのは……《人間喰《く》らい》の武者だ。

氾濫で起こした混乱に乗じて、手薄になった旅神教会を直接叩《たた》く。それが狙い。

「俺が……いや、俺たちが止める」

「ええ。行くわよ、エッセン」

「ああ、ポラリス。《銀翼《ぎんよく》》《鳥脚《とりあし》》《空砲《くうほう》》《天駆《てんく》》――魔装《蒼穹《そうきゆう》の翼《つばさ》》」

《銀翼》では、滑空《かつくう》したり、せいぜい羽ばたいて空中で身を捩《ねじ》るくらいが限界だった。

だが、魔装を手にした俺は……空をも、自由に飛ぶことができる。

「ポラリス！」

自由落下をするポラリスを、両手で横抱《よこだ》きに受け止める。

地平線から差し込む夕日が、ポラリスの白い肌《はだ》を茜色《あかねいろ》に照らした。

＊＊＊

「神子様、下がっててよ」

「フェルシー……無理しちゃ、だめ」

「それはできなそー」

口調は軽いが、フェルシーは内心、冷や汗《あせ》が止まらない。

神官長ニコラスに神子様の警備を任された。上級神官としては大切な務めだが、少し退屈《たいくつ》に思っていたところだ。

個人的にはエッセンの最期《さいご》を見届けたかったし、もしかしたら彼は、自分の知らない世界を見せてくれるかもしれない。そう、少し期待していた部分もあった。

旅神教会の教義に照らし合わせれば、エッセンはグレーですらない、完全な黒だ。

それでも、フェルシーは一緒に過ごした時間の中で可能性を感じていた。

「まあ、私の中の教義がそれを許さないんだ」

そう、自虐《じぎゃく》する。

柄《がら》にもなく感傷的になってしまうのは、今から自分が死ぬからだろうか。

「――意外と耐《た》えるものですね。なにより、火力がある」

黒装束に長い黒髪《くろかみ》の男……武者。

それも、前回会った時とは違い、刀を使い本気で殺しにきている。

「防御《ぼうぎょ》よりも攻撃《こうげき》が得意なんだ、ボク」

「防御特化の不自由なギフトを、よくそこまで練り上げたものです。その努力には惜《お》しみない賛辞を送りますよ。ぜひ喰らいたい」

フェルシーが生まれたのは迷宮都市のスラム街だった。華《はな》やかな表通りとは違い、迷宮都市の闇《やみ》が全《すべ》て集まったような地域だ。両親が誰かもわからず、死の淵《ふち》を彷徨《さまよ》いながらなんとか生きていた。髪を短くし、一人称《いちにんしょう》をボクと言った。スラム街でまともに生き延びた少女は一人もいなかったから。

男のフリをして、犯罪にも手を染めながら泥《どろ》を啜《すす》った。

そんな彼女が十二歳《さい》になり、旅神教会を訪《おとず》れるのは必然だった。財神のギフトを得たところでスラム育ちを雇う商人はいなかったし、技神も同様。豊神は、迷宮都市で仕事がない。冒険者なら、誰にでもなれると聞いたから。

幸か不幸か、フェルシーが得た加護は《結界術師》……旅神の権能の一つをそのまま体現したようなギフトだった。

ダンジョンを構成する結界。それとほぼ同じものを、小規模ながら再現できる。旅神教会にとって、利用価値の高い能力だったのだろう。

フェルシーは即日《そくじつ》、旅神教会によって召《め》し上げられた。保護という名目で、実質的には拉致《らち》に近かった。身よりがなかったことも、教会にとって都合がよかった。

彼女はスラムで生き抜けるくらいには知恵《ちえ》が働いたが、教会の謀略《ぼうりやく》に気づかないくらいには世間知らずだった。

むしろ喜んでいたくらいだ。

教会の中では、安全に過ごせる。美味《おい》しいご飯を好きなだけ食べられる。女の子らしい格好《かっこう》もできる。

それは、たしかにスラムでの生活よりも格段にいいものだ。

毎日結界術の練習をして、教義を学んで、戦闘訓練をした。充実《じゅうじつ》していて、楽しかった。

どこかおかしいと察した時にはもう、とっくに後戻《あともど》りできなくなっていた。

ある日、結界術をみんなに見せるように言われた。旅神の祝福だと言って、寄付金を集めるためだった。

ある日、魔物は悪だと学んだ。旅神の敵はみんな殺していいんだと、頭から離れなくなるくらい繰《く》り返された。

ある日、死刑囚《しけいしゅう》だという人と戦った。殺すまで、終わらせてもらえなかった。

辛《かろ》うじて彼女が幸せだと言えるとしたら、不幸だと気づけないくらい、既に洗脳されていた点だろうか。

「魔物は絶対悪だよ。魔神教会は、みんな処刑《しょけい》しないと」

うわ言のように繰り返す。

目の前の男は、魔神教会の幹部だ。フェルシーにとって、絶対に殺さなければならない相手。

「殺す」

「訂正《ていせい》いたします。もし結界術本来の方向で鍛《きた》えていれば、よりよい使い手となったでしょう。ひどく歪《いびつ》だ。能力も、人格も」

「関係ない！　ボクを否定しないで！　《結界弦《げん》》」

「これが人間の選択だと言うのなら、否定させていただきます。やはり魔物が地上を支配すべきだ。《剣豪《けんごう》》《侍《さむらい》》」

武者が振《ふ》るった刀が、結界を切り裂《さ》く。

フェルシーは神子を庇《かば》いながら、幾重《いくえ》にも結界を張り巡《めぐ》らせて時間を稼《かせ》ぐ。既に身体のあちこちに切り傷があるが、ギリギリのところで踏ん張っていた。

でも、それももう限界。

武者の刀が、フェルシーの脇腹《わきばら》に深々と突《つ》き刺《さ》さった。

どさり、とフェルシーが地面に倒れる。地面に血だまりが広がる。

「フェルシー……もう、逃げて……」

フェルシーの後ろで、神子が声を絞《しぼ》る。

旅神の申し子だが、彼女自身に力はない。彼女の身体を介《かい》して、旅神の力がこの世により強く降り注ぐ。それが神子という存在だ。

フェルシーやエッセンという特殊《とくしゅ》なギフト持ちが生まれたのも、神子の存在があってこそ。

しかし、神子自身は戦えないので誰かに守ってもらうしかない。

「終わりにしましょう。貴女《あなた》を喰らい、神子を喰らう。それで、旅神教会は……人間は、終わりです」

「ダメ、だよ……。殺すなら、私だけ……」

地に伏《ふ》せるフェルシーを庇うように、神子が前に出て両手を広げた。

神子もまた、幼いころから旅神教会で育ち、洗脳されてきた少女だ。その意味ではフェルシーと境遇《きょうぐう》が似ている。

フェルシーと違うのは、神子は心を完全に閉ざしてしまったことだった。感情を捨て、まともに話すことすらできなくなった。

今の彼女は、優しい自分を演じているに過ぎない。

どんなに辛《つら》くても笑顔《えがお》で明るいフェルシーを見て、そうあらねばと思ったのだ。たとえそれが、自分ですら気づけない虚勢《きょせい》であっても。

だから、神子は偽善《ぎぜん》でも、優しさを表現する。

いつか本当に優しくなれると信じて。

「殊勝《しゅしょう》な心掛《こころが》けです。その行動に敬意を表し、一刀で終わらせて差し上げましょう」

武者が刀を振り上げた。

神子が、ぎゅっと両目を閉じる。

あるいは、死んだほうが楽なのかもしれない。

生まれた時から旅神教会の旗印になることが定められた神子と、旅神教会に利用されたフェルシー。

二人の少女は、ここで死ぬのが運命なのだろう。

死んだあとの世の中なんて、知ったことではない。

神子はぼんやりと、そんなことを考えた。

ああ、でも。

友達《ともだち》というものが、欲《ほ》しかった。

「喰らえ――《食人刀》」

「させねえよ。魔装――《餓狼剣《がろうけん》》」

＊＊＊

ポラリスの案内で、空から大聖堂に辿《たど》り着いた。

そういえば。ウェルネスの別荘《べっそう》に突撃《とつげき》する時も空から行ったな……なんて、関係ないことが脳裏《のうり》に浮かぶ。

さすがに今回は窓を突き破ったりせず、普通《ふつう》に入り口から入った。

「これは……酷《ひど》いな」

異変は一目でわかった。

通路に、切り捨てられた神官や兵士が大勢いたからだ。

「急ぎましょう」

「ああ」

弔《とむら》っている暇《ひま》はない。

中には息がある人もいて、呻《うめ》いているところを見ると武者が来てからそう時間は経っていないだろう。救護活動は慌《あわ》ただしく動いている使用人や医者に任せて、俺たちは先を急ぐ。

そして、最奥《さいおう》の広間に入った時……ちょうど、武者が少女に刀を振り下ろそうとしているところだった。

「……っ、《健脚《けんきやく》》」

咄嗟《とっさ》にスキルを使い、地面を蹴《け》った。

間に合え……！

「《大牙《たいが》》《毒牙《どくが》》《吸血》《大鋏《おおはさみ》》そして……《エンシェントティラノの牙刃《きば》》」

《太古の密林》のボス、エンシェントティラノ。上級のボスを二十八体も立て続けに倒せたのは、この魔装のおかげだ。

《牙刃》は、手のひらから巨大《きょだい》な牙を生やすスキルだ。

それと、他のスキルを融合《ゆうごう》させる……。

「喰らえ――《食人刀》」

「させねえよ。魔装――《餓狼剣》」

少女と武者の間に割り込んで、魔装を発動させる。

俺の手元に現れたのは、一振りの大剣だ。刃に当たる部分には牙がびっしりと並び、毒と血が滴《したた》っている。

《餓狼剣》で、武者の刀を正面から受け止めた。

「待たせたな、《人間喰らい》」

「やはりあなたですか。《魔物喰らい》」

なんとか間に合った！

見たことはないけど、この少女がたぶん神子様。そして後ろで倒れているのはフェルシーか？

とにかく、二人とも生きている。

「ポラリス、二人を安全なところへ！」

「わかったわ」

ポラリスが二人を抱《だ》きかかえる。

見た目は細いけど、さすが武闘派《ぶとうは》の冒険者、軽々と担《かつ》いでいる。

「逃がしませんよ」

「追わせねえよ。……この前とは立場が逆だな」

追おうとする武者に斬《き》りかかる。

《餓狼剣》は飢《う》えた獣《けもの》のような剣だ。軽く切りつけるだけで血液を吸いあげ、毒を流し込む。深く切り込めば、牙が肉をえぐる。

上級のボスですら数回で絶命させる武器だ。武者といえど、無視できない。

「《剣豪》《侍》《騎士王《きしおう》》」

「《魔王の鎧《よろい》》」

互いに、己《おのれ》の肉体を強化し、得物を構える。

条件はほぼ同じだ。

「追うのはあなたを倒してからにしましょう」

「あの時殺さなかったこと、後悔《こうかい》させてやる」

「いえ、今もあわよくば勧誘《かんゆう》しようと思っておりますよ。その姿、そこらの魔物よりも魔物らしい。どこぞのボスエリアにいても違和《いわ》感ありません」

「最近、褒《ほ》め言葉に聞こえてきたな」

魔物っぽい。ああ、それが俺だ。

魔物の力で強くなったのだから、それを否定することはできないし、しない。

「この《食人刀》は、使用頻度《ひんど》の低いギフトを全て凝縮《ぎようしゆく》して刀の形にしたものです。いわば、喰らってきた人間たちの魂《たましい》……濃密《のうみつ》な力の塊《かたまり》。あなたに防げますか？」

「飢えた獣が一番恐《おそ》ろしいってこと、教えてやるよ。その刀は喰えたもんじゃねえけどな」

これ以上の会話は無用だ。

どうせ、俺たちは相容《あいい》れない運命なのだから。

《魔王の鎧》で大幅《おおはば》に向上した身体能力で、武者と剣を交える。

なぜ武者が魔神教会にいて、魔物の世の中を望むのか。理由なんて知らないし、もしかしたらなにか深い理由があるのかもしれない。

でも、関係ない。俺にも譲《ゆず》れないものがあるから。

だから、恨《うら》みじゃないし、怒りでもない。

俺は俺の信念のために、武者を倒す。

そして始まる、高速戦闘。

武者が次々と繰り出す斬撃《ざんげき》を、丁寧《ていねい》に《餓狼剣》で防いでいく。

「はっ」

武者の刀が、俺の《餓狼剣》と交差する。

剣術の腕《うで》も、刀の火力も、複数の剣士系ギフトを併用《へいよう》している武者のほうが上だ。このまま続け

れば、押《お》し切られる。

「喰らえ、《餓狼剣》」

しかし、俺の剣はただの剣ではない。

俺の声に応《こた》えるように、《餓狼剣》が唸《うな》り声を上げた。刃の表面に走る血管のような線が脈打ち、牙ががしゃがしゃと歯ぎしりをした。

そして、数本の牙が武者と刀を喰らおうと、勢いよく伸びる。

「……っ」

武者が慌てて飛びのく。

「……おぞましい剣ですね。触《ふ》れれば、その瞬間に喰われそうです」

「こっちは捕《ほ》食《しょく》特化だからな」

牙のギフトを融合させて作った《餓狼剣》は、こと捕食に関しては絶対的な力を持つ。

この剣は常に飢えている。だから、なにかが近づけば牙を伸ばしてでも喰らいに行くのだ。

「速度を上げましょう。《韋《い》駄《だ》天《てん》》《曲芸師》《暗殺者》」

ただでさえ速かった武者の速度が、さらに上昇した。

必死に《餓狼剣》で防いでいく。こちらは動きが少ない分、ギリギリ耐えられた。

武者は防がれると、すぐに引いてまた攻撃してくる。

下手に鍔《つば》競《ぜ》り合いをしようものなら、餓狼剣から伸びた牙が刀そのものや武者を喰らおうとするから、武者はすぐに引かざるを得ない。

だが、俺にも余裕《よゆう》はない。武者の動きは《魔王の鎧》を使った俺よりも速く、斬撃は一回一回が必殺級。油断はできない。

でも前回戦った時は、まともに防ぐことも、攻撃することもできなかった。

それが今回は、戦えている。どころか、やや押している。

「これなら勝てる……！」

《餓狼剣》は武者を一撃で倒せるポテンシャルがある。そのため、武者は慎重《しんちょう》になっているのだ。

「……《水流術師》《雨乞《あまご》い》《ウンディーネ》」

「《鬼呪《きじゅ》の波動》」

痺《しび》れを切らした武者が、水の魔法を発動する。

即座に魔法の発生源ごと水を石化させる。

《鬼呪の波動》という魔装は、色々試した結果、魔物本体を石化させるには至らないが、それ以外であれば視界に映るものを自由に石化させられる。

魔法など、取るに足らない。

「《迅雷砲《じんらいほう》》」

「《盾《たて》使い》《空気使い》《金剛《こんごう》》《力士》」

お返しとばかりに放った帯電した衝撃《しょうげき》は、武者の貼《は》り手によってかき消された。

ここまで来ると、小細工は無意味だ。

互いに最高の攻撃力《こうげきりょく》が武器である以上、こちらで決着を付ける必要がある。

「千日手ですね。仕方ありません。使う気はありませんでしたが……」

武者が懐《ふところ》から、紫色《むらさきいろ》の宝玉を取り出した。高く掲《かか》げ、拳《こぶし》で握り割る。

「それは……！」

「降臨せよ。スルト」

ヴォルケーノドラゴンを召喚した宝玉によく似た玉から、魔物が姿を現した。

それは、人形の魔物だった。

身の丈《たけ》は武者より少し大きいくらい。全身がマグマのようにぐつぐつと赤く煮《に》えたぎっていて、目と角だけが黒い。

炎の悪魔。そう表現するのがしっくりくる。

「あれは《破軍の火山》……Aランクダンジョンのボスよ」

「ポラリス、戻ってきたか。じゃあ大丈夫だな」

「ええ。二人なら、負ける気しないもの」

神子様とフェルシーを運び終わったポラリスが戻ってきた。

敵は強大だ。しかし、不安はなかった。

ポラリスと二人でなら、勝てる。

「こちらも二人であることをお忘れなく」

「フシュー……」

俺たちを挟《はさ》み撃《う》ちするように、武者とスルトが立った。

ポラリスと背中合わせに、剣を構える。

「終わらせるぞ」

「ええ」

「エッセン、その素敵《すてき》な鎧、寒さは大丈夫かしら？」

「ああ。問題ない。好きにやってくれ」

「よかったわ。《ニブルヘイム》」

おお、サバンナスコーピオン戦で使ったスキルだ。

あの時は時間稼ぎが必要だったが……今回は、ここに戻るまでに準備しておいたのだろうか。

大聖堂の大広間が、銀色に染まる。

壁も床《ゆか》も空気でさえも凍《こお》り付き、完全にポラリスに掌握《しょうあく》された。

「《火山》の魔物とは相性《あいしょう》がいいのよ。残念だったわね」

「フシュー」

スルトの身体は凍り付いてはいなかった。全身から放たれる熱気が、常に周囲の氷を溶かしている。さすがに、Aランクのボスはこの程度じゃ倒れないか。しかし、やや動きづらそうだ。

「恐ろしい能力ですね。ぜひ喰らいたい」

「お前には勿体《もったい》ねえよ。……スルトの身体って喰えるのか？」

「食べられる魔物を、わざわざ貴方《あなた》の前に出すはずないでしょう」

マグマの肉体……どうやって食べればいいのか皆目見当《かいもくけんとう》がつかない。ポラリスに頼んで氷にしてもらおうかな。

などと考えるくらいには、気持ちの余裕が生まれてきた。

「スルトは私が倒すわ。《火山》のボスにはいずれ挑《いど》もうと思っていたの」

「任せた」

短く、やり取りを済ませる。

終わるのを敵が待ってくれるはずがなく、スルトと武者が同時に跳《と》びかかってきた。

「《灼 熱術師《しやくねつじゆつし》》《蒸気機関》」

「ははっ！　寒そうだな！」

俺は《鱗甲《りんこう》》のおかげで、なんともない。

武者も各ギフトで対応しているようだが、やはり動きが鈍《にぶ》っている。

彼の刀を《餓狼剣》で軽々と受け止めた。

「フシュー」

視界の端《はし》で、スルトが灼熱の槍《やり》を作り出すのが見えた。

スルトは槍を片手で引き絞り、ポラリスに向けて投擲《とうてき》した。

「《鬼呪の波動》」

あの温度だと、さすがのポラリスでも凍らせるのに時間がかかる。

だが、視界に入れれば俺の効果範囲だ。空中で石化させ、無理やり温度を下げる。

「ありがとう。《氷雪断》」

そうなれば、ポラリスの氷からは逃げられない。槍は凍り付き、呆気《あつけ》なくレイピアで砕《くだ》かれた。

「《岩石術師》《土使い》《ノーム》」

俺がよそ見したのを好機と見たのか、武者が至近距離《きより》から岩の弾丸《だんがん》を複数放ってくる。

「くっ……！」

《炯眼《けいがん》》によって、スルトを見ながらでも武者の動きは見えていたが……弾丸は最初から石なので、石化のしようがない。そして、《鬼呪の波動》以外では対応が間に合わない。

石の弾丸は錐《きり》もみ回転しながら、俺の頭と心臓を狙った。

《魔王の鎧》の防御力《ぼうぎょりょく》を信じて、正面から受けるか？

「粗末《そまつ》な弾丸ね」

俺の後ろから、ポラリスがレイピアで精密に突き、全ての石弾の軌道《きどう》を逸《そ》らした。

石弾は俺たちの横を通り越《こ》し、壁に穴を空ける。

「ありがとう！　助かった」

ポラリスが隣《となり》にいることが、こんなにも頼もしいなんて。

そして、隣に並び立てるくらい強くなれたことを嬉《うれ》しく思う。

今の俺たちなら……誰にも負ける気がしない。

「フシュー」

「最後に頼れるのは刀だけですね。喰らえ、《食人刀》」

背後からはスルトの拳が。

正面からは、武者の刀が、それぞれ真っすぐ迫《せま》る。

ポラリスと背中をぴったり合わせて、それらを迎《むか》え撃つ。スルトの攻撃は、ポラリスに任せておけば大丈夫だ。俺は、前だけに集中する。

「《氷柱槍》」

「《餓狼剣》」

《餓狼剣》がうなりを上げて、武者の刀に喰らいつく。武者の身体も限界で、後には引けない。

そして、鋭《するど》い牙が……ついに武者の刀を噛《か》み砕いた。

背後、つまりポラリスの方はというと……。

地面から生えた巨大な氷柱がスルトの半身を貫《つらぬ》いていた。

「私の刀が……」

「俺の勝ちだな」

ギフトを凝縮したという刀が砕け散り、武者が目を見開く。

「フシュー……」

「今度、万全《ばんぜん》のあなたに会いに行くわね。こんな環境《かんきょう》じゃ、本気で戦えないでしょう？　本来はマグマの中を移動し、マグマを自在に操《あやつ》ると聞いているわ」

……なぜか、ポラリスがスルトと友情を育んでいる。

本来の場所でなくともここはボスエリアの結界外なんだし、普通に戦ったら相応《そうおう》に強かったはずだが……初手の《ニブルヘイム》が決まりすぎたな。

「ポラリス、倒すぞ」

「ええ、終わりにしましょう」

《餓狼剣》を肩に担ぎ、武者の前に立つ。

彼は諦《あきら》めたように、呆然《ぼうぜん》と立っている。

「なあ、なんで魔神教会に入ったんだ？」

「あなたは知らないでしょう。迷宮都市は魔物という明確な敵がいる分、人間同士の争いは少ない。ダンジョンのない遠くの国などは、常に人間の国同士で戦争していますよ。私は、それを止めたかった……」

戦争の絶えない国というのは、聞いたことがある。俺には無縁《むえん》だったから、どこか別の世界の話のように感じていた。

人間同士の争い……それはたしかに、魔物との戦いよりも恐ろしい。

「……魔物に支配される世界のほうがマシだと？」

「それなら少なくとも、戦争だからという理由だけで人を殺すような世界ではなくなります」

「代わりに人間が死んだとしても、か？」

「もちろんです。魔物を解き放ち、理想郷を作り上げる。人間は魔物に支配され、慎《つつ》ましく生きる世界です。その理念に共感したからこそ、私は魔神教会に入ったのですから。多少の……いや、多々の犠牲《ぎせい》はやむを得ません」

たしかに、魔物が闊歩《かっぽ》している世界では戦争なんてしている暇はないだろう。

だが、代わりに人間は今まで通りの生活はできなくなる。一歩外に出ただけで魔物に襲われるような、危険な世界になってしまうのだから。

当然、迷宮都市も機能不全に陥る。

そうなれば、冒険者という職業自体どうなるかわからない。

「どうです？　今からでも遅くはないですよ。貴方なら、魔物に支配された世界でもやっていけるでしょう」

「そりゃ、食べ放題だろうな」

だが、そんな世界は絶対に嫌だ。

「それが良い世界なのかは、俺には判断できない。だが、俺の目的とは相容《あいい》れない。だから、止めさせてもらう」

「……お優しいのですね。正義などと言われるよりも、よほど」

武者は憑《つ》き物が落ちたような顔で、目を閉じた。

「殺しはしない。俺が喰らうのは……お前の中のギフトだ」

魔物が魔神の眷属《けんぞく》であり、《魔物喰らい》がその力を喰らっているのだと言うのなら。

同じく魔神のギフトである武者の能力も、喰えない道理はない。

「《魔物喰らい》」

俺のギフトは、今度は口からではなく手から出てきた。

黒い、液体のような影《かげ》だ。狼《おおかみ》の顎《あご》のようにぱっくりと口を形作ると、どんどん大きくなって立ち尽くしている武者を丸ごと呑《の》み込んだ。

「いただきマス」

スキルは獲得《かくとく》しなかった。

でも、彼のギフトが純粋《じゅんすい》なエネルギーとなって、体内に取り込まれていくのを感じる。

「罪はしっかりと償《つぐな》ってくれ。最後は人間らしく、な」

「承知、いたしました……」

ただの人間に戻った武者が、それだけ言ってうつ伏《ぶ》せに倒れた。見ると、気絶している。

ギフトを喰われて、意識を失ったのだろう。

「エッセン、こっちも終わったわ」

ポラリスが凛《りん》とした表情でレイピアを腰《こし》に差した。スルトの姿はない。ポラリスの前に粉々の氷が落ちているので、あれだろうか……。

ポラリスと俺はそのまま、じっと見つめ合う。

数秒、二人の間に沈黙《ちんもく》が流れた。

「待ってた」

短い言葉。その中に沢山《たくさん》の想《おも》いが詰《つ》まっている。

ポラリスが目じりに薄《うっす》らと涙《なみだ》を浮かべて、はにかんだ。

俺が上に行くまで待っていてくれと、以前伝えた。

いや、ポラリスが待っていたのは、もっと前からか。それこそ、二人が道を違った四年前から。

最下位に甘《あま》んじていた情けない俺を、ポラリスはずっと前から待ってくれていたのだ。

「悪い、待たせた」

「ほんとうよ。ずっと、ずっと、待ってたんだから」

「ああ。……ありがとう。本当に」

あの頃《ころ》は、ポラリスと一緒に戦うなんて考えられなかった。

でも、今なら自信を持って隣に立てる。

心の底から、嬉しい気持ちが溢《あふ》れてくる。

ずっと強くなりたかった。上に行きたかった。まだ先は長いけど、ようやくここまで来られたんだ。

また、ポラリスの隣に戻ってこられた。

「これでまた、二人で戦えるわね」

手を取り合って村を飛び出した、あの頃のように。

「ああ。よろしく頼む」

「こちらこそ」

こつん、と拳を合わせた。

待たせたのは俺が弱かったせいだ。

今後、もっと強くなって取り戻さないとな。

この魔神教会による事件は、まだ完全には終わっていない。

でも、もう少しだけ……この幸せを噛みしめよう。

エピローグ

魔神《まじん》教会による大規模な侵攻《しんこう》から、二週間が経《た》った。

その間、迷宮《めいきゅう》都市はてんやわんやだ。

ギルドマスターなどは、後処理に追われてげっそりとしていた。

俺《おれ》は取り調べを受けまくったくらいで、なにもしていないけど……。

ともあれ、この二週間でようやく落ち着いてきた。

魔神教会は氾濫《はんらん》によって同時多発的に迷宮都市周辺を襲撃《しゅうげき》し、さらには旅神の神子《みこ》まで狙《ねら》った。

それはまさに、迷宮都市と魔神教会の全面戦争とも言える戦いだ。

だが、神子様を狙った武者《むしゃ》は、俺とポラリスによって阻止《そし》された。

狙われていた神子様は無事。ついでに、フェルシーも一命を取り留めたらしい。

後から聞いた話だと、各地に散った上級冒険者《ぼうけんしゃ》によって、氾濫も速《すみ》やかに解決されたという。おかげで、事件の大きさの割には被害《ひがい》が少なかったらしい。とはいっても、民間人と冒険者双方《そうほう》にそれなりの被害は出たが……。

結果だけ見れば上々だ。

武者が失敗した時点で他の魔神教会の面々は立ち去ったらしく、迷宮都市には平穏《へいおん》な日常が戻《もど》っている。

もちろん、魔神教会の脅威《きょうい》が完全になくなったわけじゃない。

キースとエルルさんが会ったという老師と魔神の神子。その二人は未《いま》だ発見されていないのだから。

だが、ひとまずはこの平穏を喜びたい。

「ようやく来ましたか。裁判の途中《とちゅう》だったのを忘れたのですか？」

「エッセン様……」

そして俺は、たっぷりの休養期間を経て、再び旅神教会の大聖堂を訪《おとず》れていた。

待っていたのは、ニコラスとフェルシーだ。

「あいにく、神子様の名で俺のギフトが保証されたよ」

「そうですか」

「……あー、神官長。あの時は決断してくれてありがとう」

「もう神官長ではありません。今回の責任を取り、辞任しました」

「あ、そうなの？」

「当然です。どころか、罪に問われるでしょう。ある程度抑《おさ》えられたとはいえ、相応《そうおう》に被害が出ていますからね。今も、ほら」

ニコラスがちらっと一瞥《いちべつ》した先には、厳しい表情をした高位神官が立っていた。ニコラスの見張りか。

「私は、自分の正義に従って行動したつもりです。なので、後悔《こうかい》はありません。ですが……もう少し上手《うま》いやり方があったのかもしれないと、今なら思います」

「まあ、あんたのおかげで助かった人もいるだろうな。俺は殺されかけたけど」

「私がいなくなったところで、旅神教会はそう変わりませんけどね。これからも頑張《がんば》ってください」

うへえ。俺、もしかしてこれからも追われるのか？　勘弁《かんべん》してほしい。

ニコラスには、以前のような覇気《はき》はない。もう神官長ではないのだから、当然か。

あの常に鬼気迫《ききせま》るような圧力があったのは、役職による重圧もあったのかもしれない。今となっては、考えても仕方のないことだが。

もうニコラスと話すことはない。元々、そんなに親しくもないしな。

彼《かれ》から離《はな》れて、壁際《かべぎわ》でうずくまるフェルシーに近づく。

俺に気が付いて、彼女《かのじょ》が顔を上げた。

「エッセン様、あのね……」

フェルシーとも決して仲良くはなかったが、少しだけ行動を共にした仲ではある。

あの時、フェルシーが身を挺《てい》して神子様を守っていなければ、俺たちは間に合わなかっただろう。

それに……あの後、神子様からフェルシーの境遇《きょうぐう》を聞いた。

だからといって許せる問題ではないけど、一定の理解は示せると思う。

「ボク、なにがダメだったの？　全部、言われた通りにやったのに。魔物は悪で、エッセン様は悪のはずなのに。なんで、神子様を守ったのはエッセン様なの？」

彼女の中で今、常識が壊《こわ》れかけている。

ずっと洗脳されてきたらしい彼女にとって、旅神教会の教えが全《すべ》てだった。

それに従って行動しているうちは強気だが、それが壊れると……こうも脆《もろ》くなる。

「ボクはどうしたらいいの……？」

この二週間、たくさん考えたのだろう。そのことが、彼女の表情から読み取れる。

フェルシーの常識では、俺という存在は理解不能のはず。

だが、世の中理解できることばかりじゃない。

フェルシーは俺よりも若いんだ。これから、まだまだ変われる。

こうして自分の常識を疑うようになっただけでも、大きな一歩だ。

新たな自分になれるかは、彼女の気持ち次第《しだい》。

そこまで面倒《めんどう》を見てやる義理はないし、俺にも正解はわからないけど……少しくらい、お節介《せっかい》を焼きたくなってしまう。

「俺の親友の言葉を教えてやるよ」

「え……？」

「信念のある奴《やつ》は強い」

敵であった武者も、強い信念の下戦っていた。

大なり小なり、みんなそうだ。冒険者じゃなくても、みんな自分が大切なもののために毎日働いている。

「大したものじゃなくてもいい。自分の心に一本、芯《しん》を持て。いや、既《すで》にあるかもな……。絶対に譲《ゆず》れない信念を、自分の中から見つけるんだ。でもそれは、他人に言われたものじゃダメだな」

「信念……」

「なんでもいい。複数でも、途中で変わってもいい。信念を見つけたら、それに従って生きるんだ。そうすれば、道に迷うことはなくなる」

フェルシーはぼーっと、俺の顔を見つめている。

ゆっくり、俺の言葉を受け入れているのだろう。その表情は歳《とし》相応の幼いもので、かつての不気味さはかけらもない。

しばらく考えたのち、フェルシーが口を開いた。

「ご飯……」

口元を柔《やわ》らかく綻《ほころ》ばせて、涙《なみだ》を浮《う》かべた。

「美味《おい》しいご飯、いっぱい食べたいなぁ……」

「いいじゃん」

「うん……！」

これ以上は無粋《ぶすい》か。

フェルシーは一応、神子を守った立役者の一人だ。罰《ばっ》せられることはないし、多少の報酬《ほうしゅう》は出るだろう。

その後、神官の地位に残るのか別の道を選ぶのかは、彼女自身が選ぶことだ。

「エッセン様、ありがとう」

「おう」

俺はフェルシーに見送られて、大聖堂を出た。

無駄《むだ》に広い大聖堂を、外ではなく奥《おく》に向かって歩いていく。

「エッセン……」

とある部屋で待っていたのは、神子様だ。

武者に狙われた神子様は、幸いケガ一つなく保護された。

その後、一度直接話す機会があって、そこで知り合った。

「フェルシー……どう、だった……？」

「とりあえず大丈夫《だいじょうぶ》そうでしたよ。でも、すぐに復帰するのは難しいでしょうね」

「よかった……」

神子様はほっと胸を撫《な》でおろした。

「フェルシー、本当は優《やさ》しい子なのに……壊れそうなの、止められなかった……」

以前会った時も、その辺の事情は聞いている。

神子様とフェルシーは女性同士で、歳が近かったことから行動を共にすることも多かったらしい。

フェルシーが異常とも言える教育を施《ほどこ》されていく中、神子としての教育を受けていた神子様はともに慰《なぐさ》め合っていた。でも……神子様がフェルシーに元気づけられたのとは対照的に、フェルシーはどんどん壊れていった。

神子様は自分を責めているが、彼女だって余裕《よゆう》があったわけではないだろう。

だって、なにも知らないまま神子の力を持ったというだけで、教会の旗頭《はたがしら》として担《かつ》ぎ上げられたのだ。

いきなり人生が一変した彼女の苦労は、想像するだけでも重たい。

「フェルシーは……前みたいに、私に笑ってくれる……？　心も、身体もボロボロにした私の前で……友達《ともだち》みたいに」

「会ってみればわかると思います」

「そう……だよね……」

俺が勝手にフェルシーの内面を推《お》し量《はか》るのは、無粋だ。

だが、大丈夫だと思うんだよな。なんの根拠《こんきょ》もないけど。

少なくとも、先ほどのフェルシーの表情には、前までの陰《かげ》りは見受けられなかった。

きっと、常識が壊れたことで本来の彼女を取り戻しつつあるのだと思う。

「わかった……。怖《こわ》いけど、行ってくる……」

ぐっと小さな両拳《りょうこぶし》を握《にぎ》って、神子様がそう宣言した。

こうして見ると、普通《ふつう》の女の子だ。彼女が背負うには、神子という重責はあまりにも重たい。

「神子様」

去ろうとする彼女に、気づけば声をかけていた。

「ランキングを上げるついでに魔神教会は俺が潰《つぶ》すので、安心してください」

「うん……頼《たよ》りにしてます」

にっこりと神子様が笑った。


次に訪れたのは、中級冒険者ギルドだ。

「エッセンさん！」

ぴょんと跳《は》ねてから小走りで駆《か》け寄ってきたのは、エルルさんだ。ひらひらと揺《ゆ》れる受付嬢《うけつけじょう》の制服が眩《まぶ》しい。

「エルルさん、今回は……いや、今回も本当に助かりました。ありがとうございました」

誇張《こちょう》抜《ぬ》きで、命の恩人である。なんなら迷宮都市の救世主と言っても過言ではない。

「はい。どういたしまして」

エルルさんは、にっこりと目を細めた。

その反応に、思わずきょとんとしてしまう。

「……？　どうかしましたか？」

「あ、いえ。てっきりいつもみたいに、受付嬢の仕事ですからって言われるのかと」

「ふふっ、受付嬢としてやったわけではないですもん。ちょっぴり怒《おこ》られちゃいましたし……。エッセンさんのために頑張ったので、お礼は素直《すなお》に受け取ります」

なんでも、受付嬢の仕事を放棄《ほうき》して動いてくれたらしい。

申し訳ないと同時に、エルルさんが個人的に助けてくれたのだと知り、嬉《うれ》しくも思う。

「ふん、貴様が助かったのは俺のおかげでもある。忘れられては困るな」

「悪い、ありがとう」

キースが相変わらず憎《にく》まれ口を叩《たた》きながら会話に混ざった。

「ふんっ。無事ならいい」

「一周回ってめっちゃ素直じゃないか……？」

キースもかなりの激闘《げきとう》だったらしいが、それを言うのは野暮《やぼ》というものだろう。

男同士、余計な言葉はいらない。

ただ笑い合って、互《たが》いの健闘《けんとう》を讃《たた》えた。

「それより、二人ともここにいるってことは……」

「そうです！　ついに中級商人になれました！」

エルルさんが嬉しそうに言った。

しかし、すぐに表情を曇《くも》らせる。

「でも、エッセンさんはもう上級ですもんね……。いつになったら追いつけるんでしょう。私のサポートなんて、もう必要ないですか？」

「エルルさん、そんなキャラでしたっけ？」

「もう！　ずっとエッセンさんのこと心配してたんですから、このくらい言わせてください！　戦いが終わってからも、全然会いに来てくれないし」

「まじでごめんなさい」

いや、ずっと取り調べで忙《いそが》しくて……というのは言い訳にしかならないので、素直に謝《あやま》る。

相当心配かけてしまったらしい。エルルさんの大人の余裕は鳴りを潜《ひそ》め、素のエルルさんが出ている。

「エルルさんのサポートは、ずっと受けたいくらいですよ」

「えっ、それって……」

エルルさんが顔を赤くする。

いや、特に深い意味はなかったんだけど……どう言うべきか、言葉を詰《つ》まらせる。

「ごほん」

キースの咳払《せきばら》いで、俺もエルルさんも冷静に戻る。

「俺はすぐに追い抜く。せいぜい、今の地位を味わっておくんだな。どうせ短い栄誉《えいよ》だ」

「負けねえよ」

今回、俺が10位という高いランキングまで上がれたのは、たまたまだ。一気に貢献度《こうけんど》を稼《かせ》いだから、一時的に上がっているのに過ぎない。

今後この順位を維持《いじ》するには、今まで以上に頑張らないといけないだろう。

キースもすぐに上がってくる。他にも、強い冒険者はたくさんいる。

これは、うかうかしていられないな。

「ああ、そういえばあいつも呼んでおいたぞ」

「あいつ？」

キースの言葉に首を傾《かし》げる。

その何某《なにがし》の正体は、すぐに判明した。

「エッセン――！　新しいスキル見せてー！」

声だけでわかる。なんなら、近づいてくる変人オーラだけでわかる。

「リュウカ……」

「ねえ聞いたよ？　ついに全身魔物モードになれるようになったんだって⁉　え～、魔物になって私になにをするつもりなの～！　お姉さんに教えてみてよ！」

「なにもしねえよ……」

「なにもしないの⁉」

いつにも増してテンションが高い。

俺の裁判に乱入した時は、あんなにかっこよくて美人だったのに。

おかしいな……。

見直した自分が愚《おろ》かだった……。

「俺はそろそろ失礼する」

「おいキース、置いてくな」

「いや、邪魔《じゃま》しては悪いのでな」

「邪魔じゃない！　邪魔じゃないから！」

引き留めたのに、キースがそそくさと行ってしまった。

酷《ひど》い、男の友情はいったいどこへ。

「お願い！　一回だけでいいから見せて！」

「絶対一回じゃ終わらないだろ！」

「えー、じゃあ新しいスキルに合わせて装備作らなくてもいいの？　今回もボロボロだったよね～」

「……《魔王の鎧《よろい》》」

「ふぉおおおおおおお」

いくら鎧を出せるとはいえ、装備がいらないわけではない。

そして例の如《ごと》く、スキルのせいで装備が穴だらけになる。スキルに合わせた調整は必須《ひっす》だ。

「なにこの鎧！　硬《かた》いけど弾力《だんりょく》があって、まるで硬質《こうしつ》の筋肉……。それに尻尾《しっぽ》が二本に増えてる！

ねえねえ、ちょっとちぎってもいい？」

「怖い言い方するなよ……」

「先っちょだけだから！」

「変な言い方すんなよ⁉」

やだこの職人、怖い。

どうにかして逃《に》げたいんだけど、いつの間にかエルルさんもいなくなってる。

裁判の時と同じだ。俺の味方、ゼロ人。

と、そこへ近づいてきた小さな影《かげ》。

「白昼の往来でなにをしているのよ……」

「やっぱ俺の味方はポラリスだけだよ！」

「こんなことで実感されても嬉しくないわね」

ポラリスがリュウカを引きはがしてくれる。

「そこまでよ」

「え〜。また今度工房《こうぼう》来てよ？　絶対だよ？　それまでは妄想《もうそう》で我慢《がまん》するから！」

リュウカはギャーギャー騒《さわ》ぎながら、ポラリスによって連行されていった。

最後の一言のせいで行きたくなくなったな……。

でも彼女には、技神教会の上級神官として助けにきてくれた借りがある。聞くところによると、あれのためにかなり無理してくれたらしい。

そもそも、リュウカ自身ああいう性格だから、上級神官としての職務はほとんどやっていないらしいから。それでも神官位を維持できるあたり、技神教会は実力重視なのかもしれない。職人気質な人ばかりみたいだし。

「やっと静かになったわね」

　ポラリスが戻ってきた。

「そうだな。疲《つか》れたよ」

「あら、じゃあ今日は戦えない？」

「まさか」

「なら大丈夫ね。さっそくダンジョンに行くわよ」

「当然。俺もそのつもりだった」

　休みすぎて、身体が鈍《にぶ》っていないか心配だ。

　だが、気持ちとしてはうきうきして仕方がない。

　だって、ついにポラリスと一緒《いっしょ》にダンジョン攻略《こうりゃく》ができるんだから。

「なあ、これからは俺と一緒に戦ってくれるか？　かなり待たせたし、まだまだ実力も経験も、ポラリスのほうが上だけど……ようやく、隣《となり》に立てるくらいにはなれたと思うんだ」

「もちろんよ」

　ポラリスが即答《そくとう》してくれる。

　めちゃくちゃ嬉しい。ようやく、一つの目標が叶《かな》ったんだ。

　冒険者の最上位で二人、肩《かた》を並べて戦う。夢にまで見た光景だ。一時期は夢に描《えが》くことすら烏滸《おこ》がましかった目標だ。

　でもまだ、上がいる。一番上に行くまで、俺とポラリスは止まらない。

「あ、ダンジョンに行く前に、ランキングの確認《かくにん》をしようぜ」

ポラリスの手を引いて、ランキングボードの前に立つ。

俺の名前を探すのに、以前のような時間はかからない。上から順に見ていけば、すぐに見つかる。

『6位　【氷姫《ひようき》】ポラリス』

『10位　【魔神殺し】エッセン』

二人分の名前が、たしかに上位にある。

「よし、俺が1位でポラリスが2位になるまで頑張ろう」

「ええ。1位は私がいただくけれどね」

まだまだ先があるのに、しんみりした空気は似合わない。

軽口を叩きながら、二人でダンジョンに向かう。

ポラリスとなら、どこまでだって行ける気がした。

目指せ、冒険者ランキング1位！

本書は、２０２２年にカクヨムで実施された「第７回カクヨムＷｅｂ小説コンテスト」で異世界ファンタジー部門特別賞を受賞した「【魔物喰らい】百魔を宿す者～落ちこぼれの〝魔物喰らい〟は、魔物の能力を無限に手に入れる最強で万能なギフトでした～」を加筆修正したものです。

DRAGON NOVELS
ドラゴンノベルス

魔物喰らい2
ランキング最下位の冒険者は魔物の力で最強へ

2023年9月5日　初版発行

著　　者　緒二葉《おにば》

発行者　山下直久

発　　行　株式会社 KADOKAWA
〒102-8177　東京都千代田区富士見 2-13-3
電話 0570-002-301（ナビダイヤル）

編　　集　ゲーム・企画書籍編集部

装　　丁　AFTERGLOW

D　T　P　株式会社スタジオ205 プラス

印刷所　大日本印刷株式会社

製本所　大日本印刷株式会社

DRAGON NOVELS ロゴデザイン　久留一郎デザイン室+YAZIRI

ISBN978-4-04-075114-6　C0093